KASPAR HOFMANN, geboren 1948 auf einem Bauernhof bei Münster, studierte zur Zeit der Studentenbewegung in Frankfurt und unterrichtete danach Kunst und Mathematik an Berufsbildenden Schulen in Berlin. Dies ist sein erstes Buch.

Kaspar Hofmann

Marie

Wenn es stürmt in deinem Herzen,
dann geh, dann geh mit dem Sturm,
der dich treibt auf die wilde See ...

© 2021 Kaspar Hofmann
Umschlag, Illustration: Kaspar Hofmann
Umschlagmotiv: Fotografie Thierry Meier ›Taghazout, Morocco‹
Lektorat, Korrektorat: Zweite-Feder-Lektorat

Verlag & Druck: tredition GmbH, Halenreie 40, 22359 Hamburg
ISBN
Paperback 978-3-347-28511-8
eBook 978-3-347-28513-2

Für Marie

Für alle,

die wissen wollen,
wie es ist.

Du verliebst dich

–

in jemand,
die
dir immer wieder
in großen Ausschlägen
mit anderen Gefühlen begegnet,
dazu aber nur schweigt,

–

in eine ›Borderlinerin‹.

ERÖFFNUNG 1

Ein Augenblick der Liebe,
und plötzlich
ist alles wieder vorbei.
Jeder hat das schon erlebt,
ich auch.
Mit Marie
ist aber alles anders.
»Wir sind uns so nah,
zwischen uns
passt noch nicht einmal das Wort ›zwischen‹«,
schreibt sie mir.
Sie schreit ins Telefon:
»Du sollst neben mir liegen, jetzt!«
Drei Tage später blickt sie vom Essen auf:
»Ach, übrigens,
ich will nicht mehr mit dir schlafen.«
Früh am nächsten Morgen
schreit sie wieder,
ich solle neben ihr liegen,
und dann in ihrem Bett
umarme ich eine Frau,
die ich nicht erreichen kann,
so sehr und so lange
ich sie auch still festhalte.

Auch zwei Jahre danach
überfallen mich Gedanken an das, was war,
dringen in mich ein,
als ob die schützende Haut
verloren gegangen wäre.
Wo ist der Zusammenhang
zwischen allem?
Was genau
ist da eigentlich passiert?!
Das frage ich mich
und schreibe die Geschichte auf,
die von Marie und mir.

ERÖFFNUNG 2

Noch lauter geschrien als Marie hat Charlotte. Halt, bevor Sie jetzt mit der Annahme weiterlesen, zwischen Charlotte und mir ›wäre etwas gewesen‹: Nein, da war nichts. Aber Charlotte schreit mich tatsächlich so an, wie man sich sonst eigentlich nur in Beziehungen anfaucht. Alle auf dem Bahnsteig hören sie, drehen sich nach uns um, wollen mitbekommen, was los ist. Charlotte steht vor mir. Ihren Rollkoffer hält sie mit beiden Händen am Teleskopgriff zwischen uns. Sie schreit: »›Bist du schon wach?‹ Bist du schon wach?! Warum fragst du mich das, wenn du mich abholst?! Natürlich bin ich schon wach! Wenn wir sechs Uhr ausgemacht haben, dann bin ich um sechs Uhr fertig! Warum bleibst du vor der Tür stehen?! Du hast doch gesehen, dass ich sie angelehnt habe. Warum bist du nicht reingekommen? Du stehst da und wartest und wartest!« Charlotte brüllt und rast. Jeden Moment der letzten Woche findet sie auf einmal zum Kotzen. Sie schreit über Dinge, über die man eigentlich nicht schreien kann: »Warum fragst du, ob ich eine Pause brauche? Was soll das?! Ich weiß selbst, wenn ich eine Pause brauche, dazu brauche ich dich nicht!« Charlottes Zug kommt, hält; sie dreht sich um, steigt ein und ist weg.

Aus allen Wolken gefallen bleibe ich einige Atemzüge lang auf dem Bahnsteig stehen. »Es gibt tatsächlich Momente, da denkst du noch nicht einmal«, denke ich. Später, ich bin eine Zeit lang wie betäubt einfach nur gegangen, denke ich daran, was ich von unseren Tagen in Prag hätte erzählen können, wenn diese Szene gerade nicht passiert wäre: »Wirklich schöne Tage haben wir gehabt. Alles war leicht, manchmal fast spielerisch, und das trotz der vielen Arbeit. O. k., einmal habe ich während einer Präsentation in ihre Grafik Pfeile gezeichnet, das war wohl nicht so toll. Sonst aber: alles super. Und wir haben zusammen wunderbare Menschen kennengelernt.« Anstatt das später zuhause in Berlin zu erzählen, frage ich alle: »Hast du eine Idee, was da mit mir und Charlotte passiert sein könnte? Irgendetwas muss doch gewesen sein.« Wenn etwas passiert und ich habe keine Ahnung, warum und wieso, dann lässt mich das nicht los. Ich schreibe Charlotte verzweifelt und frage, ob wir reden können. Nach sechs Wochen meldet sie sich. Wir machen ab, uns zu treffen. Café Kant am Cottbusser Damm.

Jeder bestellt für sich das Frühstück »Kant am Meer«. Wir reden über Heilbutt (gilt als stark gefährdet), Lachs und Zwiebeln (im Salat haben Zwiebeln etwas weniger Schärfe, wenn man sie kurz gekocht hat), über Hunde, über unsere Arbeit nur zögernd, und dann sind wir bei der Szene am Bahnhof. Charlotte schaut an die Decke. »Mein Traum war immer: ein Mann und vier Kinder«, sagt sie unvermittelt. »Und dann hat mich einmal ein Mann fast umgebracht!« Sie zieht den Ausschnitt ihres T-Shirts zur Seite. »Zehn Jahre hat das Arschloch dafür gekriegt.« Ich sehe unter ihrem rechten Schlüsselbein eine rot-weiß ausgefranste Linie. »Ein Klappmesser!«, sagt sie. »Das gibt es gleich achtmal an mir.« Sie zögert: »Danach habe ich es mit keinem Mann mehr aus-gehalten und auch kein Mann mehr mit mir!« Es ist plötzlich still am Tisch. Mir kommt es vor, als ob es nun nichts mehr zu sagen gäbe, aber Charlotte spricht weiter: »Und dann fahre ich mit dir stun-denlang im Auto und wir reden und reden, und es klappt auch noch mit uns bei der Arbeit. So was habe ich mir eigentlich immer gewünscht.« Wieder herrscht Stille. Charlotte blickt mich an: »Und dann ist das ganze Unheil wieder hochgekommen.« Und wieder unterbricht sie ihr Sprechen. Die Stille ist schrecklich laut. »Alle diese Wünsche und die Sehn-sucht und die Schmerzen, alles ist auf einmal wieder da. Und ich hatte gedacht: Damit bin ich fertig, ich kann endlich wieder mein eigenes Leben leben!«

Tastend nehme ich ihre Hände. Ich tue das zum ersten Mal. Ich komme mir lächerlich naiv vor we-gen allem, was ich in den vergangenen Wochen über Charlotte und die Situation auf dem Bahnsteig gedacht und erzählt habe. Ich bin berührt und er-leichtert, und ich freue mich und weiß nicht, ob man sich nach solchen Sätzen freuen darf. So etwas Großes und Wahres kann ich nicht sagen. Irgendwo habe ich einmal aufgeschnappt, was in solchen Mo-menten passend sein könnte: »Danke, dass du das mit mir teilst und mir vertraust.« Das sage ich in die

Stille hinein, dann sage ich noch: »Schrecklich, was du erlebt hast.« Dann schweige ich.

Nach einer Weile blickt Charlotte mich an. »Gut, dass wir uns jetzt wieder vertragen haben.« Ich denke an meine Brüder. Nach einem Streit um irgendwelche Dinge, den Hammer, den Flaschenverschluss, oder nach ausdauernden gegenseitigen Beschimpfungen: »Du bist doof!« »Nein, du bist doof!« hat einer von uns immer irgendwann gesagt: »Vertragen?«, und nach einigen Sekunden Zögern hat der andere jedes Mal geantwortet: »O. k., vertragen!« Und damit war es dann wieder gut.

»Vertragen ist schön«, denke ich still neben Charlotte. Nach einer Weile stehen wir auf, stellen das Geschirr zusammen, gehen damit zum Tresen und bezahlen. Jeder zahlt für sich. Ich halte ihr die Tür auf. Zum Abschied umarmen wir uns vorsichtig. Alles hat jetzt eine Bedeutung.

Und Marie, warum geht das nicht mit Marie? Reden, nur einmal reden, verstehen, was passiert sein könnte und uns dann wieder vertragen?

DER ANFANG

Wenn man sich fragt, wer man selber ist, weiß man: Es steht nicht gut um einen. In mir gibt es jetzt ein großes Loch, und darin: das reine Nichts. Oder andersherum: Von mir ist allein der dünne äußere Rand um dieses Loch herum übriggeblieben. Ich habe Loch und Rand gemalt, auf zwei Quadratmeter Pappe. Solch ein Rand, das bin jetzt ich. »Kann diese dünne Schicht auch noch verschwinden?« Eine Scheißfrage ist das.

Meine junge Nachbarin von nebenan spricht mit mir genauso freundlich, wie sie letzte Woche und vor einem halben Jahr freundlich war, und auch ihre dreijährige Tochter läuft weiterhin jedes Mal die Stufen zur Terrasse hoch, um mir von erhöhter Position aus zuzuwinken: »Kaspar, hallo Kaspar! Hallo!« Ein Freund, der auf der anderen Seite der Stadt wohnt, ruft an und erzählt von seinem neuen Drumset (Tom und Bass Drum in Ahorn) und will, dass ich vorbeikomme und es mir anhöre. Nachbarn und Freunde sind zu mir sonderbarerweise also immer noch in etwa so, wie ich sie seit Jahren kenne. Sie scheinen auch nicht zu bemerken, dass mir etwas fehlt. Trotzdem, jedes Mal, wenn ich mit ihnen zusammentreffe, fühle ich die Leere in mir ganz besonders.

Damit das ausgehöhlte Ich in mir nicht auffällt, tue ich so, als sei ich der, der ich einmal war. Mir fällt auch nichts ein, was ich sonst tun könnte. Niemandem erzähle ich von dem schmerzenden Loch. Noch während ich darüber sprechen würde, würden sie mich wie einen Spinner anschauen und sich abwenden. So schnell würden sie das natürlich nicht tun, aber jetzt auch noch schlechte Stimmung mit den Nachbarn, das würde mir den Rest geben. Es reicht schon, dass einige mitbekommen, dass ich manchmal woanders bin. Sie schauen mich an und warten auf eine Antwort. Ich erschrecke: »Worüber reden wir gerade?« Ich weiß es wirklich nicht. Meine Gedanken sind bei Marie. Ich baue eine neue Küche und finde auf einmal die Bits für den Schrauber nicht mehr, obwohl ich wirklich systematisch nach ihnen suche. Die Silikonfuge vergesse ich abzukleben. So etwas ist mir noch nicht oft passiert.

Wenn ich mit dem Mountainbike auf der Landstraße durch Seen von Bodennebel rolle, denke ich: »Einfach jetzt in den Gegenverkehr fahren, dann wäre alles wenigstens zu Ende!« Ich weiß nicht, ob dieser Gedanke einmal mächtig werden kann. Das macht mir Angst.

Das, was es zu tun gibt, hält mich zusammen. Ein neues Waschbecken einbauen, ein Freund braucht eine neue Webseite und meine Tochter freut sich auf eine Fotoserie von ihrem kleinen Sohn, meinem Enkel. Mit der neuen Küche bin ich gerade fertig geworden. Es gibt kleine Fehler und einige Arbeiten, die ich wiederholen musste, aber sie ist okay. Das beruhigt mich. Am liebsten würde ich sofort noch eine Küche bauen. Aber es ist heute sowieso Feiertag, Sylvester, der letzte Tag im Jahr 2019, und ich sitze jetzt hier und will alles aufschreiben. Das von Marie und mir, wie alles angefangen hat.

Wenn es fertig geschrieben ist, fügen sich dann die Dinge, die passiert sind, zu etwas zusammen, das ich verstehen kann? Im Moment tun sie es auf jeden Fall nicht.

Wer sich hier gerade skeptisch fragt, ob es möglich ist, ohne heftige Beschönigungen über sich selbst zu schreiben, ob es also vielleicht von vorneherein ein sinnloses Vorhaben ist, das ich hier begonnen habe, dem möchte ich sagen: Bedenken habe ich auch. Ich hoffe einfach, dass es gut geht, und ich beim Schreiben genug Mumm habe. Um in Schwung zu kommen, beginne ich mit den einfachen Dingen:

Ich heiße Kaspar Hofmann. Gerade hat ein Freund zu mir gesagt: »Du hast eigentlich erreicht, was man im Leben erreichen kann.« Auf jeden Fall wohne ich in einem wunderschönen Haus in Oberschöneweide im Osten von Berlin. Von meinem großen Arbeitszimmer aus kann ich die Ausflugsschiffe auf der Spree sehen. Gabriele, meine Frau, ist Biologin und lebt auf Sylt. Das sind 550 km oder siebeneinhalb Stunden Fahrt. In meinem Haus gehört ein Zimmer ihr. In ihrem hat sie eins für mich gebaut.

In diesem Zimmer bei Gabriele auf der Insel sitze ich jetzt und schreibe. Durch die Balkontür blicke ich nach Westen auf eine kleine Baumgruppe. Die Eschen und Ulmen halten den Wind vom Haus ab. Die tief stehende Wintersonne blendet mich. Ich verrücke den Stuhl, damit ich im wandernden Schatten der Baumstämme bleibe.

Meine Brust und meine Arme schmerzen. »An diesen Stellen habe ich Marie gefühlt, wenn wir uns umarmt haben«, denke ich, »und es schmerzt, weil es diese Umarmungen nicht mehr gibt.« Warum schreibe ich ›Umarmungen‹? Das Verlangen, ihre Haut zu berühren und ihren schnellen Atem zu hören, tobt in mir. Warum schreibe ich Brust und Arme? Kopf, Schulter, Rücken, überall ist der Schmerz.

Das habe ich Marie nicht geschrieben, als ich vor einem halben Jahr nicht mehr konnte, stattdessen schrieb ich etwas Feiges, Lahmes:

»Ich gebe auf. So schnell, wie es fast in jedem unserer Gespräche zu Ärger ... kommt, so wenig sind wir in der Lage, uns darüber auszutauschen. ... Das finde ich fatal ...«

Ihre umgehende Antwort:

Dass es ihr egal sei, und wir herausgefunden hätten, dass wir unterschiedliche Bedürfnisse hätten, ich das Sprechen und sie das Schweigen.

Warum schreibt sie ›wir‹?

Ich schüttele den Kopf, denn ich habe nichts ›herausgefunden‹, und wie kann Marie von ›Schweigen‹ schreiben, wo sie so oft ausgeflippt ist und mich angeschrien hat? Ich schüttele weiter den Kopf. Zwei Jahre lang schüttele ich jetzt schon den Kopf. Ich erkenne in allem keinen Sinn, keinen Zusammenhang. Vielleicht, ja, das könnte sein, vielleicht schämt Marie sich für ihr Schreien. Aber warum hat sie dann immer weitergeschrien und warum hat sie überhaupt geschrien, immer wieder aus dem Nichts heraus? Die Situationen sind alle so schräg, dass ich mich nicht traue, sie ihr zu sagen oder zu schreiben. Auch ganz zum Schluss nicht. Stattdessen schreibe ich lasch: »*Ärger, zu dem es gekommen ist*«. Sie hat z. B. geschrien, wenn ich auf der Autobahn einen Moment 100 km/h anstelle der in den Niederlanden erlaubten 120 gefahren bin. Nie hat sie danach auch nur ein Wort zu solchen Wutanfällen gesagt, und zum Schluss ist ihr das Schweigen wohl so wichtig, dass sie daran alles scheitern lässt. Das ist nicht auszuhalten.

Ich habe den ganzen Tag Zeit, weiterzuschreiben. Gabriele lässt mich in Ruhe, wenn ich bei ihr in meinem Zimmer sitze. Nur heute Abend werden Gäste kommen, denn es ist der letzte Tag des Jahres.

Eine Blaumeise hüpft über das Balkongeländer. Die Sonne blendet mich.

Also, was war da alles mit Marie und mir?

Mit meinem Suchen von zutreffenden Worten beim Formulieren und mit meinem Raushauen der Sätze, immer hoffe ich wohl noch, dass alles wieder gut wird. Vielleicht gibt es etwas, das ich übersehen habe, ein Detail, das dem Ganzen noch einen Sinn, eine Bedeutung geben kann?

»Was ist da gerade passiert?« Ich erlebe etwas und stelle mir danach immer wieder diese Frage. Es macht mich fertig, wenn ich beim Autofahren, beim Einkaufen, im Bett, auf dem Sofa nicht verstehe, was passiert.

Eine Situation bei Marie in der Küche: Wie an den Tagen zuvor mache ich das Frühstück, während Marie noch im Bad ist. Ich koche Kaffee, schneide Obst ins Müsli, Ananas, Mango, Banane, Birne, und stelle Schalen auf den Tisch, Tassen, Löffel, Milch und Joghurt. Gleich werden wir uns gegenübersitzen, frisches Obst aus der Müslischale fischen und uns dabei unter dem Tisch mit unseren Füßen streicheln. Marie kommt aus der Dusche, ihre nassen Haare werden von einem Handtuch zusammengehalten. Sie schaut auf das Frühstück und bellt mich an:

»DU SOLLST WARMEN BREI MACHEN! ICH WILL HEUTE PORRIDGE ESSEN, NICHT IMMER DIESES KALTE ZEUG!«

Sie schreit kurz, beißend, böse, wie aus einer anderen Welt. An all den Tagen, an denen ich bei ihr war, hat sie nicht einmal von warmem Haferbrei gesprochen. Sie hat noch nie mit mir über Haferbrei gesprochen. Ich sehe keinen Grund, warum sie plötzlich böse sein und schreien müsste.

Sie hätte Porridge nur einmal zu erwähnen brauchen, und ich hätte ihn ihr mit Vergnügen gekocht. Wo ist das Problem? Ich verstehe nichts. Und ich verstehe auch nicht, dass sie fünf Minuten später wieder gut gelaunt am Tisch sitzt, ihre Früchte isst und mit mir über die Dachterrasse redet, für die sie weitere Pflanzkübel kaufen möchte. Genauso wenig verstehe ich, warum auch ich dann über nichts anderes rede als über Pflanzkübel und über Möglichkeiten, sie zu bewässern. Aber eins kann ich mit Sicherheit sagen: Wenn man so etwas auch nur zehn Tage lang immer wieder erlebt hat, dann stellt man keine Tasse mehr auf den Tisch, ohne zweimal nachzuschauen, ob man vielleicht die falsche Tasse genommen oder sie falsch herum hingestellt hat. Und so was macht man dann den ganzen Tag auch mit jedem Satz, den man sagt. Das macht einen fertig.

Seit Monaten wache ich nun morgens mit solchen Gedanken an Marie auf.

Und auch tagsüber denke ich immer wieder an sie: »Wie kann man wegen einer falsch geschnittenen Banane schreien?« Kann man aber, ich habe es erlebt. Verstehen tue ich es nicht. Es zieht mir den Boden unter den Füßen weg. Wo ist eigentlich ihr Ärger, wenn sie direkt nach drei wütenden, bösen Sätzen über alles Mögliche plaudert, gut gelaunt den Tisch abräumt, oder mir voller Vertrauen von Sorgen um ihre Mutter erzählt und meine Gedanken dazu wissen möchte? Wie kann sie ihrem Vorgesetzten vorwerfen, dass er sie zu emotional findet? Das hat er wohl zu ihr gesagt; jedenfalls meint Marie, dass er mit ihren Gefühlen nicht zurechtkommt, dass das der Grund dafür sei, dass sie jetzt keinen Zugang mehr zu ihm findet. Erzählen, was zwischen ihnen passiert ist, will sie aber nicht, und direkt danach schreit sie mich am Telefon an:

»DU SOLLST MIT DEM AUTO KOMMEN! ICH WILL, DASS DU MIT DEM AUTO KOMMST. IN DEINEN KOFFER PASST DOCH DAS GANZE WERKZEUG GAR NICHT!«

Ich habe mir wegen der langen Fahrt zu ihr nach

Rotterdam, und weil Dezember ist und 700 km im Schneetreiben nicht lustig sind, ein Zugticket gekauft. »Hey, das meiste Werkzeug passt in den zweiten Koffer.« Trotzdem schreit Marie.

Wir reden auf Deutsch miteinander. Marie schreit auf Deutsch mit mir. »Wenigstens hat sie mich nicht in ihrem täglichen Niederländisch überfallen«, denke ich.

»Niemand tut etwas, ohne auf die eine oder andere Weise etwas davon zu haben«, sage ich mir und versuche zu ergründen, was Marie von ihrem Schreien haben könnte. Vielleicht entspannt und erleichtert es sie? Ich nehme mir ein Herz und frage sie, warum sie so häufig wütend ist, manchmal bei kleinen, ganz unwichtigen Dingen. Ihre Antwort kommt wie aus der Pistole geschossen: »Das ist bei mir so, weil ich schon so lange allein lebe. Wenn man alleine lebt, IST DAS GANZ NORMAL!« Sie spricht schnell, hart und laut. Ich frage nicht weiter.

Was erzeugt ihre plötzlichen Wechsel zwischen Herzenswärme, Verletzlichkeit, Wutanfällen und Eiseskälte? Ich habe keine Ahnung. Irgendetwas bekomme ich nicht mit. Oder tue ich etwas Gemeines, Schreckliches, das mir völlig entgeht? Ich zweifle inzwischen an allem, auch an dem, was ich sehe, höre und tue.

Einmal stellt sich Marie – das war, bevor wir uns ineinander verliebt haben – vor mich hin, nimmt meine Hände und strahlt mich an: »Kaspar, du hast mir einmal gesagt, dass jeder Mensch für einen sicheren Stand in der Welt drei Beine braucht: eine

Beziehung, eine Wohnung und eine Arbeit. Bei mir fühlt sich alles sowieso immer wackelig an, weil ich keine Beziehung habe. In einem halben Jahr ziehe ich nun auch noch um. Das macht mir manchmal Angst, deshalb nehme ich jetzt dich als meine Beziehung.« Marie strahlt mich weiter an, hält weiter meine Hände, macht eine Pause und fährt fort: »Bis ich im August die neue Wohnung eingerichtet habe, danach brauche ich dich nicht mehr.« Und nach einer weiteren Pause ergänzt sie: »›Dafür‹, ich meine ›dafür‹«. Ich antworte nichts. Was könnte ich außer ›Arschloch‹ auch sagen? Und das will ich auf keinen Fall, denn davon habe ich doch immer geträumt, dass plötzlich eine tolle Frau auftaucht und mir sagt: »Ich nehme dich! Jetzt!«

Aber wie kann sie das alles in einem Satz sagen und mir dabei die ganze Zeit die Hände halten? Wer kann das verstehen? Ich nicht. Dabei habe ich das Verstehen studiert!

Ich sitze im großen Hörsaal der Uni Frankfurt in der Psychoanalyse-Vorlesung von Hans Kilian. Es ist voll. Die letzten, die gekommen sind, sitzen auf den Treppen. Hans Kilian läuft vor den steil ansteigenden Sitzreihen hin und her. Er denkt laut über gescheiterte und unglückliche Beziehungen nach. Keine einzige seiner Vorlesungen geht über eine glückliche Beziehung. Es sind immer Krisen, die Fragen hervorbringen wie: »Was mache ich hier eigentlich?« oder: »Ist noch was zu retten?« Für Hans Kilian beginnt das Verstehen jedes Mal mit der Frage: »Wie genau hat es angefangen?« Auf diese

Frage ist Verlass. Ist der Anfang einfach und genau beschrieben, hat man sich diese Mühe erst einmal gemacht, dann sehen die Beziehungen der Protagonisten und ihre Verstrickungen für uns Zuhörer bereits anders aus. Logisch, durchschaubar und sogar lösbar erscheint uns auf einmal alles.

Wir, das sind Studenten, die später Lehrer oder Sozialarbeiter werden wollen. Wir begeistern uns für psychoanalytische Theorie. Wir erkennen Kräfte, die uns helfen zu verstehen, was um uns herum geschieht. Ich nehme die Vorlesungen mit einem Tonband auf. Reihum tippen wir das Band ab. Die Texte werden kopiert und verteilt. Wir sind die neuen Wissenden. Noch nie zuvor hat es psychoanalytische Theorie und Supervision für Lehrer und Sozialarbeiter gegeben. Wir sind die Ersten. Wir werden damit die Welt und uns selbst verändern. Wir werden unsere Väter dazu bringen, endlich vom Krieg zu erzählen und nicht alles in sich hineinzufressen, und wir wollen mit unseren Müttern reden, damit sie sich nicht so viel von unseren Vätern gefallen lassen. Wir wollen Sex ohne Scham mit unserer Freundin oder unserem Freund – wenn wir denn gerade jemanden haben. Wir probieren uns aus, wollen die Eifersucht überwinden, wollen frei sein und glauben fest daran, dass wir anders als unsere Eltern werden können.

Nach den Vorlesungen reden wir immer noch lange in der Cafeteria. Wir wollen aus schüchternen Schülern selbstbewusste machen, die gegen Ungerechtigkeit und Lieblosigkeit aufbegehren und sich keinen Charakterpanzer zulegen müssen. Und dann verlieben wir uns kreuz und quer in unserer Wohngemeinschaft und gehen uns auf dem Flur wochenlang aus dem Weg.

In meiner Siebener-WG steht Moni mit einer Flasche Rotwein vor meinem Bett: »Michael ist ein paar Tage weg! Kann ich so lange bei dir schlafen?« Einige Wochen später geht es in der Vorlesung von Hans Kilian um Moni, Michael und mich. Unsere Namen fallen nicht, aber ich weiß sofort Bescheid. Einer von beiden muss in seiner Sprechstunde gewesen sein. Mein Herz schlägt mir bis zum Hals. Ich habe Angst vor dem, was da vielleicht gleich über mich gesagt wird, und ich will es trotzdem hören, unbedingt, jedes einzelne Wort. »Paul«, Kilian nennt mich in der Geschichte ›Paul‹, »kennt keine Grenzen«. Das ist ein Satz, der sich einbrennt. Wenn ich keine Grenzen kenne, wie soll ich dann auf sie achten, wie Kilian vorschlägt? Logisch geht das nicht! Ich suche nach einem Gefühl für ›Grenzen‹ und finde keins. Mein Herz klopft laut.

Auch wenn ich heute mit Gabriele rede, kommt manchmal, wenn etwas unübersichtlich nah wird, dieses Herzklopfen. Das passiert mir auch noch nach vierzig Jahren mit ihr. Auch für Gabriele wird es in der Nähe manchmal schmerzhaft. Sie wird dann wütend, weint und schreit. Aber nie schreit sie mich an, immer nur die Wand oder das Kissen. Wenn mir jemand über seine Beziehung sagt: »Wir verstehen uns gut!«, glaube ich das nie. Aber Gabriele und mir, uns glaube ich das. Es berührt mich, dass Gabriele so weit geht, so weit über ihre Grenzen geht, es noch einmal probiert, für mich. Manchmal stoppen wir, weil wir etwas nicht noch einmal erleben wollen, und immer wieder erzählen wir uns dann von unseren Grenzen, und reden darüber, was sie für uns beide bedeuten könnten, glücklich und traurig zugleich. Als ich mich einmal von Gabriele getrennt hatte – vor zwei Jahren, wegen Marie – sind wir noch ein Wochenende zusammen verreist. Nach Frankfurt. Städel-Museum, Schauspiel. Beim Abendessen in einem Restaurant unter hundert sehr viel Jüngeren haben wir uns gefragt, ob trotz dieser Trennung jemand, den wir kennen, eine bessere Beziehung zueinander hat als wir. Uns ist niemand eingefallen.

Uneinig sind Gabriele und ich uns in der Frage, wie viel das Verstehen im Leben hilft. Gabriele widerspricht meinem Optimismus, vieles durch das Verstehen in den Griff bekommen zu können. »Etwas hilft es vielleicht?«, sagt sie. Stattdessen verzeiht sie. Gabriele verzeiht sich ihre kleinen Fehler und die Beulen an ihrem Audi. Was mich wirklich bewegt, ist die Tatsache, dass sie immer wieder mir verziehen hat. Sie verzeiht mir auch dann, wenn ich ihr große Schmerzen bereitet habe. Das ist das Größte überhaupt, mehr kann man von jemandem nicht bekommen, denke ich. Wenn ich mit ihr über die kleinen Dinge spreche, also, wie ich etwas im Beruf erreichen oder irgendwo Einfluss nehmen könnte, verspottet sie mich manchmal: »Aha, du versuchst also wieder, Gott zu sein.« Sie spottet sogar dann noch, wenn das Ergebnis mir eigentlich recht gibt, und eine Tiefbaufirma mir ihre Rohrramme mit 6-Zylinder-Baukompressor und Druckluftschläuchen leiht. (Alles umsonst und ohne Sicherheiten, weil ich den Baustellenleiter für das Projekt, mein in die Spree rutschendes Haus auf Pfähle zu stellen, begeistern kann. Unsere fünfjährige Tochter steht vor mir und strahlt ihn ununterbrochen an, als ich ihm von meinem Vorhaben und meiner Bitte erzähle. Sie und ich haben das vorher geübt.)

Marie ist Pastorin. Bei ihrer Arbeit geht es um alles Menschliche, Glauben, Verzeihen, Scheitern, Zweifeln ... Für alle, die sich an sie wenden, hat sie ein großes Herz. Ich sehe das in ihren leuchtenden Augen, wenn sie von ihren Begegnungen erzählt. Eigentlich gute Voraussetzungen für eine Beziehung, sollte man meinen. Aber nun bin ich mit Marie gescheitert. Und was zu diesem Satz unbedingt dazugehört: Wäre ich nicht mit Marie gescheitert, dann wäre ich mit Gabriele gescheitert. Das ist wohl die einfache und schmerzhafte Wahrheit.

Unten im Haus höre ich Gabrieles Schritte. Sie beginnt vielleicht schon mit den Vorbereitungen für die Feier heute Abend.

Und es könnte sein, dass Marie genau jetzt in Rotterdam in ihrem Arbeitszimmer sitzt und noch einmal auf ihren Predigttext für den Gottesdienst heute Nacht schaut. Wenn ich mir das vorstelle, bin ich irgendwie dabei, bin mit ihr in ihrem Zimmer, sehe sie konzentriert lesen, kurz zu mir aufschauen, hinter dem Schreibtisch das Fenster, dessen Plissee wir zusammen montiert haben.

Bis unten im Haus die ersten Gäste eintreffen, sind es fast noch neun Stunden. Bis dahin könnte ich alles aufgeschrieben haben, denn es ist erstaunlich, wie ich mich jetzt beim Schreiben mehr und mehr erinnere. Eigentlich an alles, jeden Satz, jeden Blick, jede Handbewegung. Schon immer kann ich mir Namen nicht so gut merken. Neuerdings denke ich, dass es vielleicht am Alter liegt. Aber von Marie, von ihr habe ich nichts vergessen.

Und so frage ich nun wie Hans Kilian in seinen Vorlesungen:

Wie genau hat das mit Marie und mir angefangen?

Zum ersten Mal miteinander gesprochen haben Marie und ich vor etwa zehn Jahren in Kraków in der »Little Britain Bar«. Zu sechst sitzen wir am Tisch, essen Pizza oder Fish & Chips und plaudern. Eine Woche Konferenz in einem Kloster in den Masuren liegt hinter uns. Es ging um »Geschichten, Metaphern und Symbole in der humanistischen Psychologie«, also alles nicht weit weg von der Psychoanalyse. Zufällig am Tisch zusammengekommen, unterhalten wir uns nun über einfache Dinge. Wir erzählen uns, woher jeder kommt, Dorf oder Stadt, große Familie oder kleine und so weiter. »Und wie viele Geschwister hast du?« Ich erzähle von meinen beiden Brüdern. Die Frau, die fragt, schaut mich an. Wie heißt sie noch mal? Ach ja, Marie. In einigen Workshops habe ich sie schon gesehen. In welchen, erinnere ich nicht. Sie fragt weiter: »Und, hättest du gerne auch eine Schwester gehabt?« »Ja, klar.« Eine kleine Lüge ist mir passiert. Sie ist mit ihren Fragen in meine Nähe getreten und ich möchte sie durch mein ›Ja, klar‹ nah bei mir behalten. Vielleicht hat sie meine kleine Lüge bemerkt? Ich lege nach: »In unserer Straße gab es nur Jungen, kein einziges Mädchen.« »Blöder Satz!«, denke ich, und ich sehe mich mit meinen beiden Brüdern auf dem Bauernhof. Da gab es meinen Vater, der wegen des ersten Kriegs seinen Vater nie kennengelernt hat, meine Mutter, die jeden Tag damit beschäftigt war, um ihren im Krieg getöteten Verlobten zu trauern, Großmutter und Großtante, beide wegen des Krieges ohne Mann, und dann gab es noch die auf dem Hof arbeitenden Mädchen aus dem Knast. Ohne Eltern hatten sie versucht, sich als Prostituierte durchzuschlagen. Sie waren aufgegriffen worden und etwa zweihundert von ihnen wurden im Nachbarort in einem Lager mit dem Namen »Waldheimat« bis zu ihrem 21. Geburtstag gefangen gehalten. Mädchen mit guter Führung durften auf den umliegenden Bauernhöfen arbeiten und hatten Familienanschluss. Arbeit gab es auf dem Bauernhof immer viel. Für uns Kinder blieb wegen allem wenig Aufmerksamkeit übrig. Eine Schwester habe ich da definitiv nicht vermisst.

Marie sitzt mir schräg gegenüber. Sie schaut mich immer noch an. Jemanden so lange anzuschauen! Die hat Mut ... Vor ihr steht ein Teller mit dem abgeschnittenen Rand ihrer Pizza. Marie erzählt von ihrem autistischen Bruder und davon, dass sie sich immer einen ›richtigen‹ Bruder gewünscht hat. Sie legt den Kopf leicht zur Seite, hebt das Kinn, lächelt und hat immer noch nicht einmal den Blick von mir genommen. Jetzt schaue ich auch. Ich bin jetzt sicher, dass sie mich, wenn ich sie ansehe, nicht plötzlich alleinlassen wird. »Können wir nicht Bruder und Schwester sein?«, fragt sie. Die anderen reden. Marie und ich sitzen still da. »Ja, das machen wir!«, sage ich schnell, um vielleicht durch selbst gesprochene Worte wieder sicheren Boden unter den Füßen zu haben, und verliere mich doch noch für einen Moment in ihrem Blick.

Sie kennt mich gar nicht. Wir haben noch nicht einmal über Persönliches miteinander geredet. Warum fragt sie mich das? Es sitzen doch auch zwei andere Männer am Tisch und hier in der Stadt gibt es Tausende. Einen autistischen Bruder zu haben, das ist vielleicht nicht so toll, das verstehe ich, aber trotzdem kann man doch nicht einfach in der Gegend herumfragen: »Können wir Bruder und Schwester sein?« Das ist doch keine Kleinigkeit. Dennoch, ich fühle mich gut. Hey, ich habe keinen Finger bewegt, trotzdem hat mich diese Frau die ganze Zeit über angeschaut – und sie schaut immer noch.

Ich sehe die Bilder aus »Der kleine Häwelmann« vor mir. Ein Kinderbuch von Theodor Storm. Ich weiß genau, wo es in meinem Arbeitszimmer im Regal steht. Der kleine Häwelmann schaut aus seiner Wiege den leuchtenden, freundlichen Mond an und

ruft wieder und wieder: »Mehr, mehr! Leuchte, alter
Mond, leuchte!« Ich hier in Kraków bin der kleine
Häwelmann und ich will mehr, mehr! Mehr Marie.

Links an der Schläfe hat sie eine Narbe, bis unter
den Haaransatz eine helle, eingesunkene Linie. Sie
könnte die Stelle mit einem anderen Haarschnitt
verbergen, aber sie versteckt sich damit nicht. Das
gefällt mir.

»Ja, das machen wir!«, sage ich noch einmal. Ich
schlage die Beine übereinander. Halb von meinem
Teller verdeckt liegt eine Serviette, noch unbenutzt.
Ich nehme sie. Ich denke: »Das Papier ist für seinen
Zweck eigentlich viel zu dünn und zu glatt.« Ich lege
sie wieder auf den Tisch.

Wird sie sich jemals an ›Bruder und Schwester‹

erinnern, wenn sie wieder zu Hause in den Niederlanden ist? »Wir schreiben uns!«, sagt Marie. »Okay«,
sage ich.

Zwei Wochen später schreibt sie mir eine Mail.
»Mit liebem Gruß und inniger Umarmung,
Deine Schwester Marie, die viel an dich denkt«,
steht darunter. Wir kennen uns doch gar nicht!
›Innige Umarmung‹ zu lesen, fühlt sich ein bisschen
komisch an – und gut. Niemand sonst schreibt mir
das gerade.

Sie fragt, ob wir uns treffen könnten. Klar können
wir uns treffen. Marie kommt direkt auf mich zu,
das ist schön und auch ein bisschen unheimlich.
Drei Wochen später verstärken sich meine gemisch-
ten Gefühle aus Freude und Furcht, denn sie hat
sich tatsächlich wie abgemacht in den Zug von Rotterdam nach Berlin gesetzt.

Halt!

Bevor ich jetzt über diesen ersten Besuch Maries
schreibe, will ich von einem anderen Erlebnis einige
Jahre vor der Pizza in Kraków erzählen. Vielleicht
ist Maries Bruder-Schwester-Idee doch nicht einfach
dort vom Himmel gefallen. Lange Zeit hatte ich das
völlig vergessen, aber als Marie mich vor zwei Jahren – ich besuche sie da gerade in Rotterdam – erinnert: »Wir haben vor Kraków doch schon etwas
miteinander gehabt!«, da fällt es mir wieder ein. Wir
sind uns davor schon einmal auf einem Seminarwo-
chenende begegnet. Genauer gesagt verlassen wir

bei diesem ersten Aufeinandertreffen zusammen einen Workshop, weil er uns zu stupide ist. Wir beide stehen danach etwas unschlüssig im Nachbarraum. »Marie.« »Kaspar.« »Ich weiß«, sagt sie. Stühle gibt es keine, aber blaue Yogamatten. Ich habe eine Idee: »Wir legen uns hier einander gegenüber auf die Matten und fahren Fahrrad!« Wir ziehen die Schuhe aus, suchen in der Luft die Füße des anderen, treten im Kreis und reden. Worüber wir gesprochen haben? Bestimmt darüber, dass ich schon mit meinen Brüdern in der Luft Rad gefahren bin. Sonst erinnere ich nur, wie es sich angefühlt hat: leicht und prickelnd, und ich erinnere die kreisenden Füße über uns.

Als Marie mir sagt, dass wir vor ihrem ersten Besuch in Berlin »schon etwas miteinander gehabt haben«, liegen wir auf ihrem großen, poppigen Blumensofa vor der Glasfront zur Dachterrasse. Wir halten uns fest, liegen zusammen, mit Armen und Beinen verschlungen. Einer redet ein wenig, dann der andere. Das Gespräch wandert hierhin und dorthin. Wir erzählen uns von unseren vergangenen Beziehungen, dass alles immer wieder schief gegangen ist. »Mit uns ist es etwas anderes. Wir werden das besser machen!«, sage ich. Ich habe keine Schmerzen mehr. »Es gibt also Schmerzen, die bemerkt man erst, wenn es sie nicht mehr gibt«, denke ich, und: »So wie jetzt kann es bleiben, für immer kann es so bleiben!« Marie strahlt, nickt und erzählt, dass alle ihre Männer Autisten gewesen sind und es immer ein schreckliches Ende mit unendlichen Schreiereien gegeben hat, »weil sich alle Männer zum Schluss als Arschlöcher herausgestellt haben«. Sie hat eine komische Idee: »Man müsste eine Beziehung mit jemandem erst einmal beenden, um dann bei der Trennung zu sehen, wer der andere wirklich ist.«

Ich kann nicht von Arschlöchern erzählen und schildere stattdessen Marie meine Liebe zu Renata: Das war vor zwanzig Jahren. Eine wunderbare Frau, aber ihre ätzenden Depressionen haben immer wieder die schönsten Momente gekillt.

Einmal habe ich mir »Eine Liebe von Swann« von Marcel Proust gekauft, und sie war deshalb einen halben Tag sauer auf mich: »Du machst das einfach, du kaufst dir ein Buch, du liest das auch, danach weißt du wieder mehr und dann kannst du auch sofort darüber reden und alle finden dich toll – und ich, ich kaufe mir vielleicht das Buch, lese es aber nicht und kann wieder nicht mitreden. Scheiße finde ich das!«

Immer wieder solche depressiven Geschichten, das hältst du auf Dauer nicht aus.

»Warum hast du dich nach unsrem Radfahren eigentlich nie für mich interessiert und immer nur für Renata?! Wir hatten da doch schon was miteinander!« Maries Stimme ist plötzlich hart. Sie springt vom Sofa, drei Schritte bis zum Schrank, das Fotoalbum. Dann sitzt sie wieder neben mir. Die Fotografie, die sie ruckzuck aufschlägt, zeigt die Terrasse eines Cafés in der Sonne, ich mit Renata an einem Tisch. »Ein richtig gutes Foto von mir und Renata«, denke ich. Auf der anderen Albumseite: Marie im Lotussitz einem Mann gegenüber auf dem Rasen. Sie küssen sich. »Ups!«, sagt Marie, dann härter: »Warum hast du dich da nicht für mich interessiert?!« – Stille.

»Hey, wie soll ich mich für dich interessieren, wenn du neben mir auf dem Rasen sitzt und einen anderen küsst?«, sage ich nicht, stattdessen: »Hey! Ich war da ganz mit Renata beschäftigt, wirklich, das kannst du glauben!«. Und ich erzähle ihr, dass ich mit Renata frisch verliebt im VW-Bus die 600 km zur Tagung gefahren bin: »Auf der Tagung haben wir dann zusammen ein Zimmer. Tagsüber kennt mich Renata dann auf einmal nicht mehr, ignoriert mich auch noch, wenn wir zufällig bei Mahlzeiten am selben Tisch sitzen. Vielleicht kannst du dir vorstellen, wie es mir da gegangen ist. Nachts zunehmend verzweifelt übereinander herfallen, über nichts reden und tagsüber ignoriert werden, das hat in mir gearbeitet. Für etwas anderes war da kein Platz mehr.« Ich erkläre weiter: »Renata und ich sind danach zusammen in Urlaub gefahren. Da konnten wir endlich wieder miteinander sprechen, und geweint haben wir auch. Wir hatten danach noch eine richtig schöne Zeit zusammen. Unglaublich, Renata hat in unserem Hotel in den acht freien Zimmern jedes einzelne Bett ausprobiert. Sie wollte einfach für uns das beste Bett. Im ganzen Hotel hat es wohl nicht zwei gleiche Betten gegeben. Im kommunistischen Polen war offensichtlich alles zusammengesucht worden. Ich wäre nie darauf gekommen, den Mann an der Rezeption danach zu fragen. Renata hatte damit kein Problem, und das trotz ihrer immer wiederkehrenden negativen Gedanken, von denen sie mir danach erzählt hat, und dass sie, wenn sie sich so beschissen fühlt, manchmal einfach das Interesse von Männern erleben will, als Trost sozusagen. ›Hätten die anderen in der Gruppe gesehen, dass ich mit dir zusammen bin, hätte sich niemand mehr für mich interessiert.‹ Ja, und dann hat Renata sich dafür geschämt, fast zu viel, wie das bei Depressiven so ist. Aber egal, richtig ins Reden zu kommen und alles zu erzählen, das hat gutgetan. Irgendwie war es danach sogar besonders gut zwischen uns, fand ich.« Das alles offenbare ich Marie.

»Pah! Lass dir das doch nicht erzählen! Glaub das doch nicht! Natürlich gibt es das. Du fährst mit jemandem in Urlaub, morgens wachst du auf und willst einen anderen Mann. Kapier das doch endlich!«

Marie rückt von mir weg und setzt sich gerade hin. Schweigen. Jetzt habe ich Angst vor Marie. »Ich freue mich so auf unsere Urlaube!«, hat sie gerade noch zu mir gesagt. Ich stelle es mir vor: Es ist Morgen, die Sonne scheint aufs Bett und durch die offene Tür zur Terrasse beobachte ich Vögel, die sich über die Essensreste von gestern hermachen. Da, beim Aufwachen, schaut sie mich an und sagt fast beiläufig: »Übrigens, ich habe mich in John verliebt. Ich reise nachher mit ihm weiter!« Nein, ich will nicht jeden Morgen mit so etwas rechnen müssen. Was für ein Leben ist das denn! Und natürlich glaube ich Renata. Wir haben miteinander geredet, und wie ...

Ich sitze inzwischen ebenfalls aufrecht, eine Armlänge entfernt von Marie. Das Schöne an logischen Gedanken ist: Sie sind entweder wahr oder falsch, ganz unabhängig davon, in welcher Stimmung man selbst oder jemand anderes ist, und was man selbst oder der andere gerade will. »Kapier das doch endlich« ist logisch falsch. Da gehört das Wort ›endlich‹ nicht hinein, denn das, was ich kapieren soll, hat Marie hier gerade zum ersten Mal eingefordert. Der zweite logische Fehler ist: Marie kann nicht erklären, dass es völlig normal ist, plötzlich, ›out of the blue‹, jemanden morgens beim Aufwachen zu verlassen, und mir gleichzeitig böse sein, dass ich mich nach einem einzigen guten Gespräch – radfahrend, auf Yogamatten liegend – in den Jahren danach nicht für sie interessiert hätte. Ich will Marie das erklären, ich will ihr mein Entsetzen zeigen. Und ich will, dass sie sich wieder mit mir hinlegt. Also schweige ich. Lange sitzen wir wortlos nebeneinander.

Erstaunlich, dass ich das Radfahren auf den Yogamatten völlig vergessen hatte. Im Zug zurück nach Berlin ist auf einmal noch eine andere Erinnerung wieder da: Es muss einige Monate nach dem Radfahren gewesen sein. Eine kleine Konferenz in Brüssel. Der erste Morgen. Ich bin auf dem Weg zum Frühstück. In der Hotelhalle sitzen drei Frauen nebeneinander auf einem Sofa. Marie sitzt ganz links. Sie hat die Beine angezogen, die Arme sind um ihre Knie geschlungen. »Hey! Guten Morgen!«, sage ich. Die zwei Frauen, die ich nicht kenne und die Kaffeetassen in ihren Händen halten – eine Hand hält die Tasse, die andere wärmt sich daran – blicken zu mir auf: »Möchtest du auch hier sitzen? Wir können zusammenrücken.« Marie schaut ebenfalls, sagt aber nichts. »Hallo, Marie!« Keine Reaktion. Sie blickt durch mich hindurch. Nichts. Ich setze mich nicht mit aufs Sofa. Etwas in mir sagt den Satz: »Marie tut weh« und beschließt tatsächlich in der Sekunde, dass ich mit Marie nichts mehr zu tun haben werde. Das Sonderbare ist, es funktioniert, denn danach vergesse ich Marie und die Erlebnisse mit ihr. Ja, bis wir in Kraków plötzlich Bruder und Schwester sind. Damit ist nun die Vorgeschichte erzählt und ich kann von Maries erstem Besuch in Berlin schreiben.

Maries Besuch in Berlin

In zehn Minuten ist ihr Zug da. Wenn ich mich an die Treppe stelle, muss sie, egal, wo sie aussteigt, an mir vorbei. So können wir uns nicht verfehlen. Noch sechs Minuten. Ich ziehe mir eine Packung M&M's

aus dem Automaten, überschlage ihre Zahl, lasse jede Minute drei in meine Hand rollen und werfe sie mir zusammen in den Mund. Die Rechnung geht auf. Gerade als die letzten M&M's aus der Tüte fallen, fährt der Zug ein.

Marie steigt als eine der letzten aus und kommt mir mit federnden Schritten auf dem nun fast leeren Bahnsteig strahlend entgegen. Ich versuche meinen Schritten, während ich auf sie zugehe, den gleichen Schwung zu geben. Es gelingt mir nicht richtig, ihre Bewegungen sind eindeutig eleganter. Sie breitet ihre Arme aus. Ich mache es ihr nach. Ich registriere, wie sie die Arme um mich legt, umarme sie genauso. Ich lege meine Hände flach etwas unterhalb der Schulterblätter auf ihren Rücken und ziehe die Frau, die vor mir steht, und die ich eigentlich gar nicht kenne, an mich. Einen Moment verweilen wir so. Langsam lösen sich Maries Hände. Genauso langsam lasse ich sie los.

Danach ist etwas von der Fremdheit verschwunden. »So einfach geht das«, denke ich. Marie zieht einen bunten Trolley-Rucksack hinter sich her. ›African native Style‹. Als ich den Rucksack sehe, ist die Fremdheit wieder da. Wir schweigen. Erstaunlicherweise hat es nichts Peinliches an sich. Sie sieht mich ab und zu an, ich sehe sie ab und zu an, das ist alles. Als wir einige Minuten später bei meinem fünfhundert Meter entfernt beim REWE-Markt geparkten Ford ankommen und ich ihren Rucksack auf der Ladefläche verstaut habe, setzt Marie sich in aller Selbstverständlichkeit neben mich. Es ist, als hätte sie das schon zigmal getan und als würde sie es noch zigmal mehr tun. Es gibt nicht das Geringste, worüber zu reden wäre, und ich bin auf einmal so gelassen, dass ich darüber staune. Ich fühle mich gut und es dauert eine Ewigkeit, bis wir losfahren, vielleicht sind es aber auch nur wenige Sekunden. Ich weiß es beim besten Willen nicht mehr. Womöglich nicke ich wie ein glücklicher Idiot mit dem Kopf. Sie zeigt nicht das kleinste Zeichen von Ungeduld und nichts scheint sie zu überraschen. Irgendwann lasse ich also den Motor an. Die Sonne strahlt, der Himmel ist türkisblau, die Schatten wie mit dem Lineal gezogen.

Wer sitzt da neben mir? Es ist komisch, wir verhalten uns, als würden wir uns seit Jahren kennen, als wäre es das Normalste der Welt, wenn wir jetzt zu mir fahren und vögeln. Aber ich habe Gabriele, eine Familie und wir kennen uns gar nicht. Was macht diese Frau in meinem Auto? Was mache ich hier?

Zu Hause kochen wir zusammen. Wir sagen weiterhin wenig. Ich sehe, wie unsere Hände das Gemüse schneiden und Steaks in der Pfanne wenden. Ab und zu schauen wir uns an. Dann sitzen wir am Tisch und essen, und es ist das Selbstverständlichste der Welt, dass wir beide das jetzt hier zusammen tun.

Wir gehen nach draußen, fahren mit dem Ford durch Berlin, einmal um die Siegessäule, bis vor das Brandenburger Tor, dann nach Kreuzberg. Ab und zu halten wir an. Einem Jungen ist sein Eis auf den Boden gefallen, er steht da und weint. Die Mutter sitzt daneben am Tisch vor ihrem Kaffee und schaut entschlossen in eine andere Richtung. Marie fragt den Jungen, ob ihn das mit dem Eis traurig macht. Der Junge nickt und zählt andere Dinge auf, die ihn traurig machen, und das noch, und das auch noch. Irgendwann verabschieden wir uns von ihm, und er geht zu seiner Mutter, die immer noch woandershin schaut.

Die Stadt ist laut. Wir fahren deshalb zur Pfaueninsel und setzen uns dort auf eine Wiese in den Schatten.

Wir reden, langsam, mit Pausen. Es gibt immer etwas, mit dem es weitergeht. Geheimnisse werden entdeckt und verwundert erzählt.

»Wenn du die Tasche zwischen uns wegstellst, können wir näher nebeneinandersitzen«, sage ich und erinnere mich daran, diesen Satz in einer anderen Situation schon mal gesagt zu haben. Ihn hier zu wiederholen, erscheint mir ein wenig wie Betrug, weil ich ihn dadurch mit mehr Sicherheit sagen kann, als ich gerade besitze. Marie stellt die Tasche weg und wir reden weiter, nur unsere Schultern lehnen jetzt aneinander und unsere bloßen Arme berühren sich.

Wieder zu Hause stehen wir mitten im Wohnzimmer. Was machen wir jetzt? Marie zieht mich aufs Sofa, und macht mit meiner Hand den Knopf ihrer Hose auf.

»Ich gehe besser vorher noch kurz ins Bad«, sage ich, betone das Wort ›vorher‹ und stehe lachend auf.

»NEIN!! DAS SOLLST DU NICHT! DU SOLLST HIERBLEIBEN, DU SOLLST NICHT WEGGEHEN! NEIN!«

Marie tobt und schreit und etwas in mir will es nicht glauben. Ich weiß nicht mehr genau, ob ich sie anschaue oder nicht. Auf jeden Fall, sage ich nichts. Ich gehe in den Flur und erst dort beginne ich wieder zu denken: »Klar darf ich weggehen. Wer darf von jemandem aus welchen Gründen auch immer fordern, nicht auf die Toilette zu gehen?« Ich fühle mich im Recht, aber es fühlt sich eigenartig an. Die traut sich was! Ich würde mich nie so zeigen! Vielleicht will sie mich einfach sehr? Ich gehe schneller. Im Bad versuche ich das Pinkeln zu beschleunigen, erfolglos.

Zurück auf dem Sofa streicht mein Handrücken leicht über Maries Arm, dann zieht mein Mittelfinger eine Linie an ihrem Oberschenkel hinauf und wieder hinunter. Marie nimmt meine Hand, drückt sie in ihre Hose. Sie lehnt sich zurück, dadurch hat meine Hand mehr Platz. Marie liegt da und zeigt mir durch ihre Bewegungen, was ich tun soll. Sie atmet schneller und schwerer, ein langer, lauter Seufzer, dann dreht sie sich zur Seite und macht den Reißverschluss und den Knopf ihrer Hose wieder zu. Ich beobachte wie in einem Film in Zeitlupe jede einzelne ihrer Bewegungen. Sie setzt sich mit einem kleinen Hüpfer aufrecht hin. Einen Moment schaut sie mich prüfend an. Was sie sieht, ist wohl okay für sie, denn sie beginnt über irgendetwas zu reden.

Ich höre ihr nicht richtig zu. Ich lege den Arm um sie. Marie reagiert nicht. Ich nehme den Arm wieder weg. Auch ich setze mich nun gerade hin. Warum legen wir uns hier nicht einfach noch ein bisschen zusammen hin? Meine Hände hängen rechts und links neben mir wie zurückgepfiffen.

Vor zwei Jahren kommt Marie einmal auf diese Situation zurück: »Das war bei meinem ersten Besuch. Wenn man jemanden zum ersten Mal trifft, dann macht man das manchmal!«

Was hat sie gesagt? Was war das gerade? Warum sage ich nichts dazu? Es sind echte Fragen, die ich habe.

»*Schon bald ist alles vergessen*«, will ich gerade schreiben, aber das stimmt nicht, sonst könnte ich mich nicht jetzt, zehn Jahre später, so genau an alles erinnern. Auf jeden Fall hat es nichts kompliziert gemacht. Wir haben uns acht Jahre lang zwei-, dreimal im Jahr für einige Tage in Berlin oder Rotterdam gesehen, ab und zu per Skype geredet und das wars. Ein bisschen mehr war es aber schon, denn Marie hat immer wunderschön geschrieben, dass sie an mich denkt und wie schön es sei, dass wir uns haben.

Anders wurde es, als ich ihr vor zwei Jahren am Ende des Sommers zwei Wochen lang beim Einzug in ihre neue Wohnung geholfen habe. In den Tagen sind wir ab und zu wieder auf dem Sofa gelandet. Es erinnert mich jedes Mal an unsere erste Berührung in Berlin.

Und auch geschrien hat sie auf einmal wieder, und das oft. Als ich ihr einmal eineinhalb Stunden lang die Lampe über dem Spiegel im Bad installiert, das Kabel aufwendig in einem kleinen Kanal um den Spiegelschrank herum gelegt und verdeckt unten im Spiegelschrank dafür einen Schalter eingebaut habe, schreit Marie zum Beispiel:

»DAS HAT VIEL ZU LANGE GEDAUERT! DAS SOLL NICHT SO LANGE DAUERN! ICH WILL DAS NICHT!«

Wir sitzen da gerade zusammen am Abendbrottisch und reden darüber, wie es vorangeht und was wir heute alles schon wieder geschafft haben, dann schreit Marie »zu lange gedauert«, und mit der guten Stimmung ist Schluss.

Einmal ist einen ganzen Tag lang Schluss. Marie spaziert wie ein Gespenst neben mir durch einen nebeligen niederländischen Polder. Ich kann sie dabei immer wieder wie eine Statue aus unterschiedlichen Blickwinkeln anschauen, ohne dass sie irgendeine Reaktion zeigt. Die einzige Unterhaltung, die wir führen, besteht daraus, dass ich irgendwann frage: »Soll ich nachher zurück nach Berlin fahren?«, und sie mir antwortet: »Das ist meistens nicht gut, wenn jemand früher nach Hause fährt.« Beim Frühstück am nächsten Morgen springt sie auf, strahlt mich an, tanzt um den Tisch herum, umarmt mich und sagt: »Jetzt ist alles wieder normal!« So wie Marie habe ich zuvor noch keine andere Frau lieben können, auch Gabriele nicht.

Vielleicht ist jemand beim Lesen gerade über den letzten Satz gestolpert, aber genauso unvermittelt, wie ich hier von meiner Liebe schreibe, genauso überraschend ist Marie an dem Morgen plötzlich strahlend wieder da. Es ist schön, wie sie da ist, wenn sie wieder da ist, wie sie lacht und scherzt, und doch habe ich gleichzeitig ein komisches Gefühl, weil ich nicht verstehe, was passiert. Es ist ein bizarres Hin und Her. Es macht mich konfus. Und das ist bis heute so. Unser letzter Skype-Call ist jetzt fast ein Jahr her, und immer noch, wenn ich an Marie denke, kriecht diese Spannung in mir hoch: What will be next? Zwischendurch ist manchmal alles normal und ›so schön‹. Komisch, Marie sagt nie ›ganz schön‹ oder ›sehr schön‹. ›So schön‹ finde ich auch schöner.

Und es ist gerade auch ›so schön‹, das alles aufzuschreiben. Ich stelle mir vor, dass es irgendwann jemand liest und ich mit ihm darüber sprechen kann.

Draußen ist es dämmerig geworden und ich habe das Licht eingeschaltet. Im Glas der Balkontür spiegelt sich mein Gesicht über dem Notebook. Ich werde gleich aufstehen und nach unten gehen. Ob ich Gabriele noch helfen kann? Oder ist sie mit allem schon fertig? Gäste werden kommen. Alle werden sich gut verstehen. Ich bin sicher, dass es gute Gespräche geben wird. Die Themen werden mich interessieren. Wir werden uns um Mitternacht umarmen und uns ein frohes neues Jahr wünschen. Ich werde es wirklich so meinen, wenn ich es jedem Einzelnen sage. Ich werde mich darüber freuen, dass alles schön und gut und normal ist. Die Schmerzen in den Armen werden dabei sein – wenn ich mit jemandem anstoße und wir uns anschauen vielleicht besonders. Ich akzeptiere das. Verstehen tue ich es nicht. Vielleicht ist Verstehen etwas anderes als das, wofür es sich ausgibt, und sein Versprechen, den Schmerz zu lindern, besteht als Hoffnung nur so lange, bis man versucht, das Verstehen beim Wort zu nehmen, wie ich es hier beim Schreiben vielleicht getan habe.

Wenn ich gleich die Treppe hinuntergehe, werde ich auf jeder Stufe zuerst die Fußspitze aufsetzen. Nach dieser Vergewisserung, nicht ins Leere zu treten, folgt der Hacken. Dann legt der Körper sein ganzes Gewicht auf dem Fuß ab. Das Gleiche mit dem anderen Fuß. Und so weiter. Unten werde ich zuerst die Tür zum Flur öffnen, dann zum Wohnzimmer. Gabriele wird letzte Neujahrsgrüße an Freunde schreiben, denke ich. Sie hat viele Freunde. Ich werde mich zu ihr hinunterbeugen und in das Stückchen Haut beißen, das zwischen ihren Haaren und dem Ausschnitt ihres Pullis sichtbar ist. »Au, nicht so doll!«, wird sie sagen, kurz zu mir aufschauen und so tun, als würde es ihr wehtun. Ich werde ihr Lächeln sehen. Dann wird sie wieder auf den Bildschirm schauen und weiterschreiben.

Unten angekommen kann ich meine Gedanken nicht abstellen, also nehme ich mir einen von Gabrieles Stiften und ein Blatt aus ihrem Drucker und schreibe: »*Verstehen tue ich alles immer noch nicht. Ich werde also weiterschreiben, irgendwann, bald. Das Ende will ich noch schreiben, das hat es ja gegeben!*« Den Zettel stecke ich gefaltet in die Hosentasche und hoffe: Jetzt bin ich vielleicht wieder sozial kompatibel. Jetzt kann ich auch von Gabriele, von Sylvester und von allen, die gleich hier auftauchen werden, etwas mitbekommen, anstatt immer weiter nur an Marie zu denken und daran, was ich beim Schreiben vielleicht vergessen habe.

DAS ENDE

Ein Morgen im Sommer 2020. Ich halte die Augen noch geschlossen und weiß: Wenn ich sie gleich öffne, die Hand ausstrecke und neben mich fasse, dann ist klar, dass ich nicht mit Marie in Kanada bin, sondern in Berlin allein in meinem Bett liege. Um sicherzugehen, öffne ich für einen Moment die Augen. Der Himmel oben im Fenster zeigt den ersten hellen Schein. Es wird gegen fünf Uhr sein. Marie und ich werden nie durch Kanada fahren, aber ich träume noch. Unser Camper Van steht an einem See in den Bergen. Marie hat den Gaskocher zwischen dicke Kiesel des Seeufers geklemmt und macht schweigend Kaffee. Hinter ihr das Spiegelbild der Landschaft im Wasser. Alles ist gerade richtig so, wie es ist.

»Was soll dieser Traum?« Ich versuche die Bilder abzuschütteln, und drehe mich auf die andere Seite.

Marie hat Kanada einmal erwähnt: Sie nimmt mich in ihrem Auto mit zum Bahnhof Utrecht Centraal. »Wir fahren zusammen in Urlaub!«, sagt sie unvermittelt in unser Schweigen hinein. Dann: »Nein, nicht dieses Jahr, nächstes Jahr!« Nach einer Weile fügt sie hinzu: »Wir fahren nach Kanada!« Hey, warum fragt sie mich nicht? Warum sagt sie nicht: »Was hältst du davon, wenn wir nächstes Jahr zusammen wegfahren? Was hältst du von Kanada?« Und warum redet sie jetzt nicht weiter, als wenn es nichts mehr dazu zu sagen gäbe und als wenn wir nicht gerade diese Hin-und-Her-Tage, was heißt ›Tage‹, diese Wochen hinter uns hätten?

Ich sitze neben ihr und gebe, das Handy mit Google Maps in der Hand, hier und da Zeichen, welche Fahrspur, welche Abfahrt.

»WIR SIND FALSCH! JETZT SIND WIR FALSCH GEFAHREN! DU SOLLST AUFPASSEN!«, schreit Marie kurz und trocken.

Vor ein paar Minuten am Autobahnkreuz A2 / A12 hat sie mich schon einmal genauso angeschrien. Auch da waren wir auf der richtigen Spur.

Wie passt das zusammmen, ihre Wut, Kanada, wie passt überhaupt alles zusammmen? Wegen dieser Fragen schreibe ich das alles hier und wegen dieser Fragen werde ich jeden Morgen zu früh wach. Tagsüber in fast jedem ruhigen Moment, und wenn ich mich abends schlafen lege, immer sind diese Fragen da.

Warum immer noch? Zwei Jahre ist es her, dass ich Marie das letzte Mal besucht habe, und vor einem Jahr haben wir zum letzten Mal miteinander gesprochen. Ist das normal, dass mich alles weiter so beschäftigt? Und warum ist es am Ende überhaupt auseinandergegangen? Was ist schiefgelaufen, wo ich doch das letzte Jahr über mit Marie nur vorsichtig gewesen bin, nur noch gewartet habe, dass es irgendwann besser wird? Das ist es aber nicht. Bis heute nicht. Ich möchte endlich wieder schlafen können.

Marie und ich, wir sind doch beide nicht ganz doof. Es kann doch nicht sein, dass wir jetzt mitten auf einem riesigen Berg aus Müll gelandet sind.

Ich möchte uns hier erst mal etwas weiter vorstellen. Fange ich mit mir an. Ich heiße Kaspar, bin

70 Jahre alt. Ich baue mit eigenen Händen aus einer Ruine, in welcher der Regen durch das Dach bis in den Keller läuft, eine prächtige Stadtvilla mit Spreeblick. Ich male mit einem breiten Pinsel große Bilder, immer von Menschen. Als Lehrer habe ich mit zwanzig bis dreißig Jugendlichen in der Klasse Kunst und Mathematik unterrichtet, manchmal auch in Gefängnissen, einmal in der Psychiatrie. Ich bin seit 40 Jahren mit meiner Frau Gabriele zusammen. Sie ist Biologin. Gemeinsam haben wir eine tolle Tochter großgezogen. Wir verstehen uns und ich kann mit ihr sogar über manches reden, von dem ich hier schreibe. Das ist phänomenal. Meine Nachbarn mögen mich und laden mich auf ihre Geburtstagsfeiern ein. »Einen echten Knall kann ich also nicht haben«, denke ich, obwohl sich das für mich seit einiger Zeit so anfühlt.

Jetzt Marie. Sie ist 58, Pastorin, hat eine eigene Wohnung mit Dachterrasse und Blick über Rotterdam. Sie spricht vier Sprachen fließend und noch Altgriechisch und Hebräisch. Sie kennt sich aus mit den Geschichten der Bibel und den verwickelten Beziehungen der griechischen Götter. Sie hält die Hände von Sterbenden. Ihr Singen lässt niemanden unbewegt und sie tanzt so wunderbar, dass jeder, der sie einmal dabei gesehen hat, es nicht mehr vergisst. Sie war zehn Jahre verheiratet. »Mit einem Autisten«, wie sie sagt, jedoch hat sie aus der Zeit eine Adoptivtochter und jetzt noch einen Enkel. Beide kommen sie regelmäßig besuchen. Ihre Kollegen mögen sie. Eine große Meise kann also auch Marie nicht haben, was auch immer ich bei meiner Google-Suche über Marie gelesen habe.

Wie konnten wir uns nach zehn Jahren verlieren? Warum ging es nie, über uns zu reden? Und damit meine ich, dass wir nicht einmal über das Chaos vom Vortag geredet haben, das uns gerade noch hin- und hergeworfen hat. Das sind Fragen, die immer noch in mir aufsteigen, mich plötzlich überschwemmen.

Über dieses Ende unseres Kontakts möchte ich nun schreiben. In Kurzform kann man unsere gemeinsame Geschichte bis zu diesem Punkt noch einmal so zusammenfassen:

Zuerst sind wir acht Jahre lang Bruder und Schwester. Das ist interessant, aber nicht so aufregend, dass einer von uns deshalb schlaflose Nächte hat. Dann verliebe ich mich in Marie, dann Marie auch ein bisschen in mich, dann Marie nicht in mich, dann doch, dann wieder nicht und ein bisschen vielleicht doch, und als ich irgendwann alles von ihr will, schickt sie mich weg. »Ich hätte es gerne noch eine Zeit weiter mit dir ausprobiert, aber jetzt haben wir uns verloren!« Das ist einer dieser Sätze Maries, die sich komisch anfühlen, an denen ich hängen bleibe, wo ich etwas nicht ganz zusammenbekomme. Ein Jahr später fragt Marie mich, ob wir wieder telefonieren könnten. Danach sprechen wir viele Monate lang regelmäßig miteinander, aber erneut kein einziges Mal über uns, und wieder schreit sie mich fast regelmäßig von einem Moment auf den anderen an. Irgendwann ist es nicht mehr auszuhalten.

Von diesen letzten Monaten will ich hier erzählen und wenn ich denke, dass es für das Verstehen etwas helfen könnte, auch von der einen oder anderen Situation davor. Es muss doch etwas geben, das alles erklären kann.

Marie schwärmt für den Sänger Ramses Shaffy. Das merke ich daran, wie sie sagt: »Liesbeth List, du weißt, die Sängerin, die war lange unglücklich in ihn verliebt«, und dann ist Marie einen Moment still.

»Als 't stormt« (Wenn es stürmt) heißt ein Lied von Shaffy. Maarten Heijmans singt es auf YouTube. Ich schreibe das hier, damit man diesen Musik-Clip findet, und ihn sich anhören kann, denn genauso singt Marie das Lied für mich. Sie steht in der Mitte des Wohnzimmers, breitet die Arme aus, schließt einen Moment die Augen, und dann tönt ihre Stimme:

>> *Als 't stormt in je hart,*
Ga mee, ga mee,
Met de storm die je voert
naar een wilde zee. «

Danach zusammen auf ihrem Sofa übersetzen wir.

» *Wenn es stürmt in deinem Herzen,*
Dann geh, dann geh
Mit dem Sturm, der dich treibt
auf die wilde See.
Wirf den Anker nicht aus,
Versuche nicht, dich des Sturms zu erwehren,
Denn die Zeit wird die Gezeiten wieder umkehren ... «

Marie und ich sind irgendwann in einen Sturm hineingeraten. Sie wusste vielleicht von Beginn an, dass es so kommen würde. Sicherlich wusste sie immer um die Gefahr. Sie hat mich sogar gewarnt!

»Lass uns einander als Bruder und Schwester lieben, diese Liebe können wir immer leben, das muss niemals enden. Die andere Liebe geht immer nach kurzer Zeit kaputt.«

Und:

»Du weißt, worauf du dich mit mir einlässt? Ich bin hochsensibel. Ich mache alles mit meinem Gefühl und nicht mit Gedanken.«

»Wo ist das Problem?«, denke ich. »Irgendetwas wird mir immer einfallen, irgendetwas kann man immer tun.« Diese Sätze stecken als sicheres Wissen in mir.

Muss ich ihre Hochsensibilität ernst nehmen? Natürlich nicht. Ich kenne Marie schon viele Jahre! Viel habe ich nicht von ihrer Hochsensibilität gemerkt. Aber einige Bücher kaufe ich mir doch: »Wenn die Haut zu dünn ist – Hochsensibilität – vom Manko zum Plus« und »Was Hochsensible glücklich macht.« Gelesen sind die Bücher rasch. Alle Autoren schreiben von der Amerikanerin Elaine N. Aron ab. Von ihr lese ich: »Sind Sie hochsensibel?« und »Hochsensibilität in der Liebe«.

Elaine N. Aron rät Hochsensiblen, sie sollten akzeptieren, dass sie eine gute Entschuldigung dafür haben, sich über Kleinigkeiten zu ärgern – sie seien ja hochsensibel. Im Gegenteil, oft könne es für eine hochsensible Person gegenüber Nicht-Hochsensiblen nötig sein, ein wenig wütend zu werden.

»Das beleidigt meinen Verstand!«, denke ich. Menschen, bei denen die Nerven blank liegen, sind nach dem Lesen dieser Bücher fein raus. Sie müssen sich nicht mehr fragen, wie es anderen damit geht, wenn sie ihre Anfälle haben, und ebenfalls müssen sie sich nicht fragen, was ihnen die Haut abgezogen hat. Genau die Symptome, die Therapeuten als Zeichen eines Traumas und als eine Folgeerscheinung von als lebensbedrohlich erlebten Situationen beschreiben, nennen Elaine N. Aron und alle, die von ihr abschreiben, einfach ›Hochsensibilität‹, um dann weiter zu erklären, dass Hochsensibilität kein Zeichen für ein Problem, sondern eine besondere Qualität sei. »Das ist psychologischer Widerstand in organisierter chronischer Form, Widerstand dagegen, der Realität ins Auge zu sehen«, sagt mir mein an Hans Kilian orientiertes und von manchen als anmaßend empfundenes Denken.

Ungeachtet dessen: Ich bin optimistisch. Wenn Marie plötzlich wütend oder ganz woanders ist, zucke ich mit den Schultern, ducke mich weg und warte, bis ihr Gefühlssturm vorbei ist. »Es ist doch ganz einfach: Irgendwann wird sie mir vertrauen können. Dann hören die Stürme und die Kälteperioden auf, dann wird alles gut. Und wenn das vor mir noch niemand geschafft hat, ich schaffe das«, denke ich.

Ich fühle mich mächtig und allen Männern, die sie bisher gehabt hat, überlegen. Mit denen ist es immer irgendwann zu Schreiereien und giftigen Wortwechseln gekommen. Marie hat mir das so plastisch erzählt, dass ich weiß: Genauso ist es gewesen.

Ich kann viel aushalten, denn ich bin als Kind gefickt worden und alles, was ich heute erlebe, und was ich noch erleben werde, ist nichts dagegen. Wenn andere schon schreien und kreischen, habe ich immer noch den Überblick.

Zu meinen Fähigkeiten gehört, im richtigen Moment einschlafen zu können. Vor vielleicht fünf Jahren, auf jeden Fall ist es gewesen, bevor wir uns ineinander verliebt haben, besuche ich Marie in Rotterdam. Die Fahrradtour mit ihr erweist sich als ganz anders und deutlich weiter als besprochen. »Unternehmertochter: Sie weiß nicht nur, was sie will, sie tut, was sie will«, denke ich. Ich mag das. Marie hat offensichtlich einen Plan und ich bin gespannt, was kommen wird.

Wir erreichen den Rand eines Sees. An einem Steg liegen Ruderboote. Marie ist hier nicht zum ersten Mal, sie weiß Bescheid. Wir rudern durch Felder von Schilf und Seerosen weit aufs Wasser hinaus. Nach der Bootverleiherin sehen wir niemanden mehr. Marie zeigt mit der Hand, wohin es gehen soll. Ich rudere das Boot in eine Bucht. Die Sonne scheint, das Wasser ist mal türkis, mal dunkelgrün. »Hier bleiben wir«, lacht Marie, wiegt strahlend ihren Kopf hin und her, »und jetzt legen wir uns hier zusammen hin!«

Sie trägt ein luftiges Sommerkleid mit kurzen Ärmeln. Ich klemme mich neben sie in den Bootsrumpf und lege den Arm um sie. Anders geht es kaum. Ihr Kleid ist hochgerutscht. Meine Hand liegt auf ihrem Slip. Die Finger fühlen die Haut ihres Oberschenkels. »Entschuldigung«, rutscht es mir heraus, denn Marie hat die Augen geschlossen und liegt bewegungslos da. Nein, ich kann sie nicht anfassen, wenn sie nicht reagiert. Ich brauche eine leise Bewegung der Haut unter meinen Fingern, ein Luftholen, ein Lächeln. Aber nichts davon gibt es! Ich spüre ihren Atem auf meiner Wange. »What is a frozen woman? A frozen woman is a frozen woman. Nirgendwo auf der Welt kommt eine kalte Frau so zur Geltung wie hier auf diesem See«, denke ich. »Richtig blöde Sätze sind das«, denke ich. Wolkenloser Himmel, ein Dickicht aus Schilfhalmen, Wärme und Sonne überall, leises Plätschern am Bootsrumpf, Maries Atem in meinem Gesicht, ein Vogelschrei, um uns Blütenduft der Wasserlilien. Passen nicht Geister auf die Blüten auf und ziehen denjenigen, der es wagt, sie anzutasten, unbarmherzig in die Tiefe? Mir fallen die Augen zu.

Das Boot schaukelt. »Du hast lange geschlafen«, sagt Marie. Sie richtet sich auf und turnt auf die Ruderbank. Ich bleibe noch einen Moment liegen und bin stolz auf mich. Welcher andere Mann hätte sich hier in den Schlaf retten können!

An meinem 68. Geburtstag schreibt mir Marie hand-
schriftlich und auf Niederländisch ein Gedicht.

Ich übersetze es mir mit Hilfe von deepl.com/
translator:

»Puppentanz

Unter Jahren begraben,
geschützt durch Schichten,
sicher und weit, weit weg,
schlief mein tiefstes Selbst.

Du kamst, du trittst näher, trittst näher …,
näher zu mir.
Tief verschlossen war es.
Ich hatte nur eine Ahnung davon,
was schlummernd in mir schlief.

Und das, nachdem ich mich so gesehnt habe,
so tief, so tief,
mit Vorsicht hast du mit jedem Wort
mein Inneres erwachen lassen.

Eine nach der anderen
wurden die vergessenen Puppen lebendig,
von mir gerufen begannen sie mit ihrem Tanz.
Zuerst knirschten noch voller Unglauben ihre Glieder,

aber allmählich schweiften die Bewegungen aus.
Ich rief noch: Nicht so schnell!
Aber all das Leben war nicht mehr aufzuhalten,
entfesselt war der Puppentanz
in mir.

Marie – für Kaspar, Oktober 2017«

Ich habe mir die Übersetzung ausgedruckt, setze mich damit aufs Sofa und lese sie noch einmal: »Hat Marie dieses Gedicht wirklich für mich geschrieben?« Herzklopfen.

Beim nächsten Skype-Call frage ich: »Hast du mit dem Gedicht wirklich dich und mich gemeint?«

»Wie kommst du denn darauf? Ich habe mich einfach hingesetzt und dir eine Geburtstagskarte geschrieben. Als ich da an dich gedacht habe, sind mir diese Gedanken gekommen. Das ist alles. Was ich damit gemeint habe, das weiß ich gar nicht. Warum fragst du?«

Wie passt das zusammen, ihr Gedicht und diese Sätze?

Drei Monate später sind wir dann in einem Sturm auf wilder See. Marie kommt morgens zu mir ins Zimmer und schreit:

»ES IST SIEBEN UHR! DU SOLLST IN MEINEM BETT LIEGEN! WARUM LIEGST DU NICHT BEI MIR IM BETT?!«

Dann knallt sie die Tür zu und ist wieder weg. Sie hat mich vor vier Stunden aus ihrem Bett geschmissen, weil sie neben mir nicht schlafen konnte! Warum hat sie sich jetzt nicht auf die Bettkante gesetzt? Sie hätte meine Hand nehmen und kurz mit unter die Decke huschen können. Dann hätte sie sagen können: »Komm mit zu mir, da ist mehr Platz.« Das hat sie alles nicht getan. Ich stehe auf, so langsam, dass ich mich darüber wundere, gehe in ihr Zimmer und lege mich zu ihr.

Genauso ratlos lässt mich eine andere Situation zurück:

Ich wache auf, liege auf dem Sofa und fasse neben mich. Marie ist nicht mehr da. Ich öffne die Augen. Sie steht zwei Meter entfernt und schaut mich an. Gerade haben wir uns noch geliebt. »Kaspar, bist du wirklich richtig weg gewesen und hast die ganze Zeit hier gelegen?« Sie ist also sofort danach aufgestanden und weggegangen. Sie sieht aus, als ob sie mit den Schultern zucken wollte. Sie tut es aber nicht, bleibt einfach stehen, dreht ihre rechte Fußspitze ein wenig zur Seite, dann wieder zurück und schaut mich von weit weg an. Plötzliche Einsamkeit.

Ich wiederhole in Gedanken die letzten Zeilen aus Charles Bukowskis Gedicht »Die Dusche«: »*Linda, du hast es mir gegeben; wenn du mir's wieder nimmst, tu es langsam und mach mir's leicht, als würde ich im Schlaf sterben und nicht im Leben. Amen.*« Marie nimmt es mir immer wieder, schnell, abrupt, ohne Ankündigung.

Ich habe wieder seit Tagen nicht durchschlafen können. Es ist wieder erst halb fünf. Ich lese Maries Mail, die sie vor zwei Stunden abgeschickt hat:

»*Guten Morgen lieber Kaspar!*«

Und bevor sich gleich jemand fragt: »Warum auf einmal indirekte Rede, warum dieser Stilwechsel?«: Marie hat ihre Sätze im Vertrauen an mich geschickt, dass nur ich sie lese, deshalb schreibe ich sie hier nicht einfach ab, sondern berichte stattdessen davon, wie ich ihre Mail verstanden habe. Für den Fall, dass sie das hier einmal lesen sollte, hoffe ich, dass ich sie richtig wiedergegeben habe, und dass sie merken kann, dass ich alles mit Liebe geschrieben habe. O. k., vielleicht nicht alles, aber das meiste.

Also, Marie schreibt mir in dieser Nacht eine Mail:

»*Guten Morgen lieber Kaspar!*«

Und dann schreibt sie von ihrer Angst, die viele Gesichter habe und dass, wenn die Angst einmal da sei, sie sehr gut darin sei, sich immer wieder neue Gründe auszudenken, eine Beziehung zu zerstören. Jetzt, wo wir uns bald wiedersehen würden, sei ihre größte Angst, dass ich ihr zu nahekommen könnte. Sie werde nachts wach und denke wieder und wieder daran, wie sie Männer, die ihr zu nahegekommen seien, weggeschickt habe. Sie hoffe, ja, sie glaube zu wissen, dass ihr das bei mir nicht gelingen würde, »weil wir ja schon eine Beziehung haben«. Innerhalb einer Beziehung könne sie nicht so leicht hart sein. Damit würde sie sich jedoch selber Schmerzen bereiten. Es gäbe also eine Angst, die immer da sei, eine versteinerte Trauer, die immer wieder hochkomme. Mit dieser Angst habe sie jetzt zu tun. Sie schreibt davon, dass das Fühlen dieser Angst eigentlich etwas Gutes sei, dass das sein müsse, um irgendwann einmal die Angst überwinden zu können, aber leicht sei das nicht. Dann geht sie noch auf meine Bedenken ein, dass es mit uns vielleicht nicht gehen kann, weil sie mit mir doch weder wandern, noch elegant tanzen kann, was sie doch beides gerne tut. Mein kaputter Fuß sei für mich sicher blöd, für sie sei das aber nicht so wichtig. Mein Fuß nähme ihr ja nicht weg, wer ich bin, und das sei die Hauptsache. Es sei gut, dass ich da sei, genauso, wie ich bin. Zum Schluss schreibt sie:

»Ich umarme dich und weine ein wenig. Heute Abend Skype?«

Wärme durchströmt mich beim Lesen. Ich kenne das Gefühl, abhauen zu müssen. Ich weiß inzwischen, wie sich Gabriele gefühlt hat, wenn ich immer wieder, um ihren Umarmungen zu entkommen, meine Daumen in ihre Achselhöhlen gedrückt habe. Ich schäme mich dafür, und ich weiß nicht, ob meine Entschuldigungen das wiedergutmachen können. Jede Berührung gibt mir das Ersehnte und ist im gleichen Moment eine Bedrohung. Worin die

Bedrohung besteht? Vielleicht darin, dass ich mich auflösen oder zerbrechen könnte, oder was weiß ich. Ich schreibe nicht weiter von Gabriele, mein Abhauen ist leichter anhand einer Begegnung mit Gerhard Kalkhoff erzählt.

Wir haben zusammen Kunst studiert. Ich treffe ihn zufällig auf der Straße. Er ist seit Kurzem in Berlin und Art-Direktor bei einer Werbeagentur. Beide haben wir Zeit und gehen zu ihm. Er mit der E-Gitarre und ich mit Fingern, Fäusten und Tischplatte sind plötzlich die Band »The Kitcheners«. Wir schreien Texte, die wir vorher noch nie gedacht haben, singen Duett wie Verliebte. Noch glücklich und berauscht über unser wunderbares Wiedersehen bekomme ich drei Tage später den größten Brief, den ich jemals erhalten habe. Auf einem Quadratmeter Papier steht dick mit Filzstift: »*Lieber Kaspar, welch ein Glück, Dich getroffen zu haben, das war ganz wunderbar. Ich möchte bald mit Dir weitersingen. Dein Gerhard*«

Und was mache ich? Erst einmal einige Tage nichts. Freude? Ja! Ich fühle, dass da etwas ist, nach dem es mich schon immer verlangt hat, und dann ist da diese Enge in der Brust. Viele Tage liegt der Brief auf DIN-A4-Größe zusammengefaltet immer sichtbar am Fußende der Couch. Irgendwann ist es zu spät für eine Antwort. Zwei Jahre danach treffe ich Gerhard zufällig wieder. Ein kurzer Gruß. Es gibt nichts mehr, was wir uns sagen könnten. Bis heute denke ich ab und zu an Gerhard und jedes Mal macht es mich traurig.

Es hat bei mir Zeiten gegeben, wenn es da warm

und nah geworden ist, dann ist es auch schrecklich geworden, dann musste ich sehen, dass ich wegkomme. Warum auch immer, das steckt in mir drin. Wenn es richtig schön wird, will etwas in mir die Situation kaputtmachen oder abhauen. In den letzten Jahren habe ich gelernt, anders damit umzugehen. Heute muss ich manchmal nur noch ein paar Minuten abhauen, vielleicht kurz in der Küche das Geschirr abwaschen, dann geht es meist wieder. Mensch Marie, ich kenne das aus tausend Situationen und komme damit klar, das kannst du doch auch! Hast du nicht zwischen den Zeilen geschrieben: »Glaube mir nicht, wenn ich dich wegschicke! Ich bleibe da, auch wenn es hart wird!«?

Aber vier Wochen später schickt Marie mich tatsächlich weg. Ich schreibe ihr verzweifelt: »›Die Angst hat viele Gesichter und wenn sie einmal da ist, ist sie sehr gut darin, sich immer wieder neue Gründe ausdenken ...‹, ist es das?« »Nein, das habe ich ganz anders gemeint! Das hat überhaupt nichts damit zu tun!« Weiteres schreibt sie nicht dazu. Nur noch: »Du begibst dich in die Opferrolle, damit habe ich nichts zu tun, du projizierst da was auf mich.«

Welchen Sinn ergibt in dieser Situation dieser Satz? Ich verstehe ihn nicht.

Einige Nächte später schicke ich Marie einen Liebesbrief, den letzten.

»Liebe Marie,

ich liebe dich, ich will dich, und ich bin mir damit ganz sicher. Ich habe erlebt, wie nah, offen, ungeschützt, voller Freude wir zusammen sein und uns umarmen und

anfassen können. Ich kann mir nicht vorstellen, dass
sich all dieses gerade in der letzten Woche in Rotterdam
einfach in Nichts aufgelöst hat.

Ich erwarte nicht, dass du mir jetzt meinen Schmerz
nimmst und ich mache dich nicht dafür verantwortlich.

Nietzsche hatte immer Schmerzen und er tröstet mich:
›Werden und Wachsen, alles Zukunft-Verbürgende be-
dingt den Schmerz ..., damit der Wille zum Leben sich
ewig selbst bejaht, muss es auch ewig die Qual der Ge-
bärerin geben.‹ Vielleicht trösten diese Sätze dich auch.

Ich glaube an uns und umarme dich.

Kaspar«

Aber es hilft nichts, dass ich ihr nicht abnehme,
dass nichts mehr ist, im Gegenteil: Marie entschei-
det, dass »wir uns jetzt für immer verloren haben«,
und bricht den Kontakt ab. Ein Jahr lang.

Bis heute glaube ich ihr das Abhauen nicht ganz.
Aber einen richtigen Sinn ergibt solch ein Satz auch
nicht. OK, vielleicht war es ihre Angst, vielleicht
war es aber auch noch etwas ganz anderes. Ich habe
auch gezweifelt: Fernbeziehung, ich dreizehn Jahre
älter als sie ... Und dann hat sie an ihrem fünfzigsten
Geburtstag mit ihrem ersten Mann so wunderbar
getanzt. Mit mir würde Marie das nie können. Einmal war sie mit einem wunderschönen Afrikaner
zusammen. Mit ihm ist sie sogar eine Zeit lang zu
seiner Familie nach Kolda in den Senegal gegangen.
So ebenmäßig bin ich nicht gebaut. Was ich ihr abnehme, dass sie in einem Moment wusste, dass sie
gehen muss, aus welchem Gefühl heraus auch immer. Ein ganzes Jahr lang haben wir keinen Kontakt.

Danach reden wir viele Monate regelmäßig, meist per Skype. Bis es dann ganz zu Ende ist.

Die Monate des Redens beginnen damit, dass Marie eine Postkarte schreibt und fragt, ob wir telefonieren könnten.

Mehr als eine Woche dauert es, bis ich antworte, so wühlt mich ihre Karte auf: »Gerne! Ich freue mich und ich fürchte mich. Wie wird das Meer sein, wenn wir wieder reden?« Nein, das schreibe ich nicht, stattdessen: »*Klar können wir telefonieren. Bin echt gespannt!*«

»*Denke mal, dass es ziemlich normal sein wird*«, schreibt sie. Wieder ein Satz von ihr, an dem ich hängenbleibe. Sie will wohl nicht über uns und über das, was zwischen uns war, reden. »Was war da eigentlich? Wie war das für dich?« Ich habe viele solcher Fragen und die sind abgebügelt, bevor sie gestellt sind.

In drei Stunden wird sie am Telefon sein. Mein Herz pocht. Ich kann meine Halsschlagader hören. Nein, das ist natürlich Quatsch.

Ich will ruhiger werden und gehe in den Seepark. Dort im Wald laufe ich immer wieder die gleichen Wege, so wird der Wald unendlich und die herrschaftlichen Villen und der Verkehr bleiben weit weg. Aus Herzklopfen wird beißender Schmerz. Ich staune: Zum ersten Mal in meinem Leben habe ich Herzschmerzen! »Muss ich jetzt einen Notarzt rufen? Diese verfluchten Schmerzen sind wegen Marie«, denke ich. Ich versuche mich zu erinnern, ob psychosomatische Schmerzen ein echtes Problem darstellen, oder ob es einfach nur Schmerzen sind. Ich entscheide mich für ›einfach nur Schmerzen‹. Also kein Notarzt.

Warum beginnt auch jetzt beim Schreiben mein Herz wieder zu pochen? Aber zurück zur Geschichte.

Marie ist am Telefon. Sie erzählt: In der Gemeinde, in der sie als Pastorin arbeitet, hat sich ein 104-Jähriger in sie verliebt. 1945 hat er für Holland gegen die Partisanen der unabhängigen Republik Indonesien gekämpft. Bei jedem Besuch darf er sie zum Abschied auf die Wange küssen. An den meisten Wochenenden, an denen sie frei hat, fährt sie zu ihrer dementen Mutter. Manchmal hält sie es nicht aus, bei ihr im Elternhaus zu schlafen. Sie fühlt auch 50 Jahre später noch die Katastrophen, die sich dort ereignet haben. Marie nimmt sich deshalb für die Nächte ein Hotelzimmer in der Nähe. Wenn sie aber ihre Mutter sonntags wieder alleine lässt, hat sie ein schlechtes Gefühl dabei. Sie telefonieren jeden Abend und wünschen sich gegenseitig eine gute Nacht. Dann weiß Marie, dass alles in Ordnung ist. Vor einigen Wochen hat sie eine ehemalige Kollegin besucht, die nach einem Schlaganfall mit ihren motorischen Behinderungen nun in einem Heim lebt, aber zufriedener ist, als sie es vielleicht jemals zuvor in ihrem Leben war. Sogar mit ihren Kindern versteht die Kollegin sich jetzt wieder. Um den Kopf frei zu bekommen, fährt Marie jeden Tag mit dem Rad aus der Innenstadt ins Grüne. Es gibt eine neu angelegte Fahrradstraße, direkt zu einem Park an der Neuen Maas. Sie erzählt von einem schwimmenden Wald, von Bäumen, die auf Bojen wachsen. Sie geht regelmäßig ins Kino. Den Film »Werk ohne Autor« über das Leben des Künstlers Gerhard Richter und die anderen Filme, von denen sie erzählt, habe ich zufällig alle auch gerade gesehen. Sie empfiehlt mir ein Buch von Murat Isik: »Verloren grond«. Ich schaue nach. Auf Deutsch heißt es: »Das Licht im Land meines Vaters«. Ich lese es später, aber es ergibt sich nie mehr eine Gelegenheit, darüber zu sprechen.

Irgendwann ist es genug für das erste Mal. Marie sagt:

»Ich bin jetzt müde.«

Und nach einer kleinen Pause:

»Das war so schön. Das nächste Mal erzählst du auch etwas. Wir bauen jetzt an einer neuen Beziehung. Bis ganz bald!«

»Das machen wir. Bis bald!«, sage ich und bemerke, dass ich das Wort ›ganz‹ weggelassen habe. Ich hätte gerne etwas über uns geredet. Was geht in Marie vor, wenn sie ohne Punkt und Komma eine Stunde lang erzählt? Denkt sie die ganze Zeit an etwas, über das sie nicht reden will? Das Gespräch hat mich entspannt, aber eigentlich hat es mich nicht entspannt.

Zwei Wochen später telefonieren wir wieder.

Marie erzählt von einer Beerdigung. Die Frau und die Tochter des Verstorbenen haben ihr gerade geschrieben und sich für ihre Worte beim Trauergottesdienst bedankt. Marie fragt sich, ob ihre Ansprache wirklich so besonders gewesen ist. Wir überlegen zusammen, ob vielleicht Maries Weichheit – ihr geht es gerade nicht gut und sie schläft schlecht – sich mitgeteilt hat. Dann sagt Marie: »Und du, jetzt erzähl du auch etwas!«

Ich erzähle von meinem Enkel, der gerade geboren und mir noch etwas fremd ist. Von meinem grenzenlosen Vertrauen in meine Tochter, dass sie mit dem Kleinen alles richtig macht und für ihn da ist. Ich erzähle, wie schön es ist, die Freundinnen meiner Tochter zu sehen, wie sie mit ihren Kleinen reden, lachen und sie anfassen und richtig viel für sie übrighaben. Bei meiner letzten Reportage habe ich einen Unternehmer kennengelernt, der einen seiner Abteilungsleiter ermutigt hatte, in Therapie zu gehen, und ihm das auch finanziert hat: »So kann er lockerer werden. Dann geht es ihm besser und den anderen geht es besser, und der Firma auch, einfach weil es weniger Reibereien gibt.« Das Ganze hat ein Jahr gedauert und es hat funktioniert. Er meinte, er habe seinem Mitarbeiter zugetraut, zu mehr in der Lage zu sein, als er es gerade in den verfahrenen Projekten gezeigt hätte. »Und wenn dir jemand vertraut, dann kannst du über dich hinauswachsen!« In dem Moment, in dem ich das sage, weiß ich, dass ich es erzähle, um das Wort ›Vertrauen‹ vorkommen zu lassen, um vielleicht mit Marie daran anknüpfen zu können. Sie geht aber nicht darauf ein. Ein anderer Versuch, in ein wirkliches Gespräch zu kommen ist, ich berichte von zwei Freunden, die Marie einmal bei mir kennengelernt hat: »Einer hat gerade mit Hautkrebs und Metastasen zu kämpfen.« Und als Marie auch dazu nichts sagt und mich nur anschaut, mache ich mit meinen neuen Nachbarn weiter: »Und bei mir im Haus nebenan ist eine Familie mit zwei Kindern eingezogen. Die beiden Jungen, sechs und acht Jahre alt, sind schon ein paar Mal in meiner Werkstatt gewesen. Und als im Gewächshaus Raupen über meinen Salat hergefallen sind, hat der Sechsjährige seinen Bruder gerufen: »Komm! Kaspar hat ein Problem, wir müssen ihm helfen!«

Warum schreibe ich von Kinder- und Kinobesuchen und Reibereien in irgendeiner Firma? Weil das genau die Dinge sind, die wir uns erzählen konnten. Aber immer ist die Erinnerung an den Sturm präsent und die Gefahr, wieder hineinzugeraten. Wir reden und reden, um das Meer zu beruhigen, aber es hilft nicht.

Irgendwann werden am Telefon die Pausen zwischen den Sätzen länger. Eine ganze Stunde erzählen wir schon. »Machen wir hier Schluss?«, frage ich. »O. k.«, sagt Marie. Ich frage: »Und wie verbleiben wir?« Marie schreit auf, und das tosende Meer ist mit Gewalt zurück.

»DU SOLLST DAS NICHT SAGEN! DAS SOLLST DU NICHT! NEIN! DU SOLLST SO WAS NICHT SAGEN!«

Stille. Die See ist wieder glatt und türkisblau. Nichts hat den Sturm angekündigt, nichts erinnert daran, dass es ihn gegeben hat.

»Wir melden uns beim anderen und machen ab, wann wir wieder reden.« Marie sagt das mit ruhiger, freundlicher Stimme. »Bis bald.« »Ja, bis bald«, sage ich.

»Wenn man nach langer Zeit wieder beginnt, da kann so etwas passieren. Das wird vorbeigehen. Ich sage nichts dazu! Es wird irgendwann schon alles gut werden«, sage ich mir.

Wieder zwei Wochen später wechseln wir vom Telefon zu Laptop und Skype. Es ist richtig schön. Maries Gesicht erscheint groß auf meinem Bildschirm. Sie liegt auf dem Sofa, ihr Kopf auf einem großen Blumenkissen. Alles ist mir so vertraut. Sie trägt nur ein graues Tank Top, in ihrer Wohnung ist es wohl wegen der trägen Fußbodenheizung wieder mal zu warm. Um den Hals hat sie eine schmale goldene Kette. Der Verschluss ist halb nach vorne gerutscht. »Hallo«, sagt sie. Das ›o‹ klingt deutlich nach. Die Stimme einer Sängerin eben. Hinter ihr die Terrassentür mit einer hellen Ecke Himmel, darunter Dächer und Balkone der Nachbarhäuser. Marie so dazuhaben ist das Natürlichste der Welt. Haben wir wirklich ein Jahr lang keinen Kontakt gehabt? Marie ordnet die Kabel ihrer Ohrhörer und schaut zu mir in die Kamera. Dann erzählen wir unsere Geschichten, so, wie wir das jetzt schon zweimal getan haben. Irgendwann gähnt Marie: »Ich bin müde!« »Dann machen wir hier Schluss«, sage ich. »Und, was meinst du, wann reden wir das nächste Mal?«

Marie schreit ...

»NICHT IN DEN NÄCHSTEN BEIDEN WOCHEN! ICH WILL NICHT IN DEN NÄCHSTEN BEIDEN WOCHEN MIT DIR REDEN! ICH WILL DAS NICHT! NEIN!«

Stille.

Nie ist eine Stille so still, wie kurz nachdem sich ein Sturm gelegt hat. Die Stille vor dem Sturm ist aber noch grauenhafter, denn die ist irgendwann immer da. Ein Gefühl kriecht in dir hoch: Gleich passiert etwas. Gleich ist alles wieder anders. Und wenn du dich gerade zurückgelehnt und entspannt hast, dann trifft dich das noch härter.

Ich denke logisch, weil – und das habe ich jetzt wohl schon ein paarmal geschrieben – mir Logik oft geholfen hat: »Niemand hat irgendwann irgendetwas von ›zwei Wochen‹ gesagt! Nicht bei den letzten Telefonaten und auch heute nicht. Wo ist das Problem?« Ich sage das aber nicht. Ich bin still.

»Wenn einer von uns wieder reden will, dann kann er dem andern das ja schreiben«, sagt Marie klar und sanft in die Stille. Ich nicke: »Ja.« Dann klicken wir uns weg.

Marie schickt danach ab und zu Fotos: Von ihrer Mutter. Von ihrer Adoptivtochter mit deren Sohn während einer Kissenschlacht bei Marie im Wohnzimmer. Sie und eine Freundin auf einem Kurztrip in Madrid. Die Dächer der Stadt im dichten Smog, von der Dachterrasse des Hotels aus fotografiert. Die zwei ausladenden Boxspring-Betten in ihrem Zimmer. Das Frühstück. Marie und ihre Freundin stehen davor und lachen mich an. Das Museo del Prado. Marie macht Quatsch und trägt eine Maske mit einem Bild von Salvador Dalí. Ich kenne den Titel des Bildes: »Die Beständigkeit der Erinnerung«. Beschreibt der Titel nicht auch, wie jeder von uns sich in den Klauen seiner Geschichten und Katastrophen befindet?

Einen Monat später ist Marie wieder per Skype auf meinem Monitor. Ich denke: »Wie ist das für dich, wenn wir uns jetzt wiedersehen? Warum hast du mich vor einem Jahr eigentlich von einem Moment auf den anderen weggeschickt? Warum hast du die beiden letzten Male plötzlich geschrien?« Aber ich darf diese Fragen nicht stellen. Diese Fragen bedeuten Gefahr. Woher weiß ich das eigentlich? Ich habe sie doch noch nie gestellt! Ich erzähle von den Besuchen bei meinen beiden Brüdern, von dem Schleppnetz, das ich an der Nordspitze von Sylt gefunden, und aus dem ich eine riesige Hängematte in Gabrieles Garten gebaut habe. Ich erzähle bewusst von der Hängematte. So kann ich nebenbei auch etwas von mir und Gabriele erzählen, andeuten, dass es wieder gut ist mit uns. Ich erzähle von meinem neuen E-Bike, mit Riemenantrieb: »Keine schwarzen Finger mehr und auch keine Schmiere mehr an der Hose. Bist du inzwischen mit deiner E-Bike-Idee weitergekommen?« Ich erinnere mich an Maries Überlegungen vor einem Jahr, sich vielleicht eins zu kaufen, um damit schnell zwischen verschiedenen Kirchen und Veranstaltungsorten hin und her wechseln zu können. Keine aussichtslose Parkplatzsuche mehr. Nicht mehr mit verschwitzter Bluse irgendwo vom Rad steigen.

Marie schreit.

»DAS SOLLST DU NICHT SAGEN! ICH WILL ÜBERHAUPT KEIN E-BIKE KAUFEN! ICH FAHRE MIT MEINEM FAHRRAD! ICH WERDE NIEMALS MIT EINEM E-BIKE FAHREN! ICH HABE DAS NIE GESAGT! DAS IST NICHT WAHR! DU LÜGST!«

Maries Schreien ist nicht widerspenstig, auch nicht herrschsüchtig oder klagend oder weinend. Ihr Schreien könnte den Himmel spalten, gäbe es ihn denn. Die Gewalt, die Gefahr, die Angst, alles ist in diesem Schrei! Er zieht mir den Boden unter den Füßen weg und ich falle.

Kurz darauf ist alles, als wäre überhaupt nichts geschehen. Marie erzählt, dass sie ihre Arbeit reduziert hat und ihre Wochen so einrichtet, dass sie nie länger als zwei Tage am Stück arbeitet. Sie will aufpassen, dass es ihr nicht wieder zu viel wird. Sie hat Angst, dass ihre Depression wiederkommt. Sie sagt: »Kaspar, es ist so schön, mit dir zu reden. Wenn wir geredet haben, weiß ich immer, wie es mir geht. Wenn wir regelmäßig reden, kann ich vielleicht schon früh mitbekommen, wenn ich mich wieder verliere und sofort etwas tun, ein paar Tage zu Hause bleiben oder einen Vortrag absagen, zum Beispiel. Deshalb machen wir jetzt jede Woche Skype.«

Das alles in einem Gespräch! Wie passt das zusammen? Nach einer Woche schreibt Marie mir einen einzigen Satz auf Telegram: »*Lange nicht geredet!*« »Noch so ein Satz ohne jeden Zusammenhang«, denke ich und ergänze: »..., der mich fertigmacht«.

Selbst über »*Lange nicht geredet!*« spreche ich mit meinen Freunden. Die sind genervt, und ich muss Fragen beantworten: »Was hast du davon, mit ihr zu reden? Tut dir das gut? Du fängst doch wohl jetzt nicht noch einmal etwas mit ihr an, oder?« All das frage ich mich auch, aber wenn ich sage: »Marie tut mir nicht gut!«, will ich nicht, dass es jemand hört und mir entschieden recht gibt.

Aber meine Freunde wollen Antworten. Was ich ihnen auf ihre Fragen hin erzähle, kann ich mir das selbst glauben? Sind das Ausreden oder verstehe ich wenn schon nicht Marie, dann doch wenigstens mich selbst? Also: »Marie tut mir nicht gut.« Wenn ich das verstehe, und wenn ich verstehe, warum ich trotzdem irgendwie doch bei ihr bleibe, macht dieses Verstehen irgendetwas besser? Allein zu verstehen, das kann es doch nicht sein, oder?

Etwas, das ich den Fragern sagen kann, ist: Ich bin von Marie gewollt worden, ohne vorher an sie gedacht oder irgendetwas für eine Beziehung mit ihr getan zu haben. Vor Maries Initiative hatte ich immer das Gefühl, dass ich bei allem, was mir mit

Frauen passiert, selbst daran gedreht habe, und ohne mein Zutun hätte kaum je etwas begonnen, wäre ich wohl mit keiner im Bett gelandet. Marie ist also der Beweis dafür, dass ich Frauen auch dann etwas wert bin, wenn ich meinen Gebrauchswert nicht vorher selbst hergestellt habe.

Und noch nie hat sich ein anderer Mensch so verletzlich und voller Vertrauen an mich gewendet wie Marie. Sie hat mir alles erzählt, alles, was man erzählen kann. Ihre tiefsten Nöte, ihre bodenlose Einsamkeit, ihr größtes Verlangen. Ohne Grenzen, ohne Scham, ohne Rücksicht. Sie hat sich mir schutzlos ohne Haut gezeigt. Das ist etwas, das bleibt, das vergisst du nie, egal was es sonst noch gibt.

Und ich habe bei Marie die Kontrolle verloren. Dass daran etwas Positives ist, mag für diejenigen, die versuchen, wenigstens ein bisschen Kontrolle über ihr Leben zu erlangen, die das aber kaum hinbekommen, überraschend sein. Aber das meiste, was ich sonst erlebe, hat für mich den Geruch von etwas Totem und von Einsamkeit, denn bei allem, was passiert, habe ich meine Finger mit im Spiel gehabt. Überall, wo ich bin, und wo auch immer ich mich hinbewege, treffe ich auf mich selbst. Das ist die Hölle. Und Maries Tun war in einer Weise befreit von allem, was ich gesagt und getan habe, dass es mich aus dieser Hölle herausgeholt hat.

Ist es nicht z. B. so, dass Menschen deshalb in eine Achterbahn einsteigen, weil sie durcheinandergerüttelt werden wollen, um alles, was sie bedrückt, belastet, und besonders sich selbst in einem

Moment purer Gegenwart loszuwerden? Wenn man sich so gut retten kann wie ich, wird man sich nie los, rettet man sich wahrscheinlich sein ganzes Leben lang. Aber Leben ist etwas anderes als Retten.

Es war für mich immer ungeheuerlich, zu sehen, wie Marie sich in keiner Sekunde gerettet hat und manchmal von einem Moment auf den anderen dem Meer mit wilden Strömungen und tosenden Wellen ausgeliefert war. Mit Marie konnte ich mich endlich auch einmal der Welt ausliefern, oder anders formuliert: Ich hatte zum ersten Mal Gefühle, die ich nicht mehr kontrollieren konnte. Ausgehalten habe ich das nicht, das ist wahr. Marie hält das wohl auch nicht aus.

Ich liebe Marie nicht mehr, das stimmt, aber vielleicht liebe ich sie doch noch. Auf jeden Fall ist alles, was ich hier gerade geschrieben habe, wohl unwichtig im Vergleich mit der Liebe, die es gegeben hat und die es vielleicht noch gibt. Ich habe Marie so geliebt wie noch niemals jemand anderen zuvor. Diese berauschenden, schlafraubenden Gefühle und die tiefe, selbstverständliche Verbundenheit kannte ich vor der Zeit mit ihr einfach nicht, und ich bin siebzig. Ich habe recherchiert, ob das vielleicht die Gefühle eines Verrückten sind. Aber die Anthropologin Helen Fisher hat mir in einem TED-Talk (The Brain in Love) anhand eines Liebesgedichts verdeutlicht, dass ich nicht verrückt bin, sondern dass es normal ist, verrückt zu sein, wenn man liebt.

In diesem Gedicht beschreibt 1896 in Alaska ein Kwakuitl-Indianer einem Missionar den Schmerz, den ich heute in Berlin fühle. Alles an dem Gedicht trifft auch auf mich zu:

»*Fire runs through my body with the pain
of loving you.
Pain runs through my body with the fires
of my love for you.
Pain like a boil about to burst with my love for you.
Consumed by fire of my love for you.
I remember what you said to me,
I am thinking of your love for me.
I am torn by your love for me.
Pain and more pain.
Where are you going with my love?
I'm told you will go from here.
I'm told you will leave me here.
My body is numb with grief.
Remember what I said My Love
Goodbye My Love, goodbye.*«

»*Feuer und der Schmerz, dich zu lieben,
durchströmen meinen Körper.
Schmerz durchdringt meinen Körper
mit den Flammen meiner Liebe zu dir.
Der Schmerz meiner Liebe zu dir ist ein Geschwür,
das zu platzen droht.
Verzehrt vom Feuer meiner Liebe zu dir
erinnere ich mich an alles, was du mir gesagt hast.
Ich denke an deine Liebe zu mir.
Ich bin zerrissen von deiner Liebe zu mir.*

Schmerz und noch mehr Schmerz.
Wohin gehst du mit meiner Liebe?
Es heißt, du wirst fortgehen.
Es heißt, dass du mich hier zurücklassen wirst.
Mein Körper ist taub vor Kummer.
Vergiss die Worte meiner Liebe nicht.
Lebewohl, meine Liebe, Lebewohl.«

Das ist jedenfalls meine Übersetzung des Gedichts.

Zum ersten Mal fühle ich etwas, als Marie im Frühjahr 2017 bei mir in Berlin ist. Nach vier Tagen fährt sie wieder. Marie steigt in den Zug nach Hamm (Westf.) und ich folge ihr auf dem Bahnsteig bis zu ihrem Platz. Wir pressen unsere Hände von außen und von innen an die Scheibe des ICE, ganz genau legen wir Finger auf Finger. Unsere Blicke verlieren sich ineinander. Ewig stehen wir so da. Der Zug fährt an, beschleunigt, wird schneller. Ich gehe, laufe mit. Der Zug ist zu stark und die Geschwindigkeit wird zu groß. Wir werden auseinandergerissen. Lange sehe ich dem Zug hinterher.

Wirklich nahe kommen wir uns danach, als Marie nicht mehr schlafen, nicht mehr arbeiten und noch nicht einmal mehr im Laden an der nächsten Ecke einkaufen kann. Nicht auch noch Marie! Eine Depression ist die Hölle. Ich habe Angst um sie.

Ich grätsche in die Situation hinein: »Marie, ich bin da.« In dem Moment, in dem ich das sage, merke ich erst, wie sehr ich mit ihr in sieben Jahren als

Bruder und Schwester zusammengewachsen bin. »Sie darf nicht weiter abrutschen und ganz unten ankommen!« Dieser Satz gibt für zwei Monate vor, was jeden Tag zu tun ist. Und ich glaube zu wissen, was zu tun ist, denn bei Gabrieles Depressionen war ich drei Jahre lang dabei. Zweimal habe ich sie nachts in die Notaufnahme der nächsten Klinik gebracht. In der harten Zeit mit Gabriele habe ich erlebt, was ich draufhabe: Voll arbeiten, mich um unsere zehnjährige Tochter kümmern, den Haushalt machen, für Gabriele sorgen und Klassenelternvertreter in der Schule meiner Tochter und anderes war ich auch noch.

In Krisen war ich schon immer für andere da. Das ist schon mit fünf Jahren so, als ich meine Mutter umarme, weil sie wegen ihrem im Krieg erschossenen Verlobten immer wieder weint und sich nach ihm sehnt. Und auch mit zwanzig ist das so. Meine Brieffreundin aus der Schulzeit, Leila, macht in Berlin ein Praktikum. Zum ersten Mal sehen wir uns. Eine schöne Finnin! Wie ein Covergirl auf dem Penthouse Magazin, blond mit strahlend blauen Augen. Bei unserem Treffen fängt Leila nach einigen Minuten plötzlich an zu heulen und hört nicht wieder auf. In den drei Monaten, die sie in Berlin ist, hat sie gerade der zweite Porschefahrer verlassen. Sie fällt mir um den Hals: »Du verstehst so gut! Kaspar, du verstehst so gut!« Aber interessieren tut sie sich weiter für Porschefahrer. Sie kennt noch den Freund von dem, der sie gerade verlassen hat. Den Schmerz erinnere ich bis heute, besonders, wenn im Radio

»Leila« von Eric Clapton läuft.

Deshalb fällt mir wohl auch auf, dass Marie nicht: »Du verstehst so gut!« sagt, sondern: »Kaspar, du bist der Einzige, der mich wirklich versteht!« Und dann erzählt sie von zwei Freundinnen, die sie nicht verstehen, obwohl auch sie Maries Text gelesen haben, eine hingehauene lange Mail mit immer wieder abgebrochenen Sätzen. Die ganze schreckliche Geschichte ihrer Familie. Sie haut alles raus, schreibt von ihrer Not, der Leere und von der Einsamkeit, die nie weggeht.

Eines haben Marie und ich gemeinsam: Beide sind wir genau mit dreizehn fast gestorben und haben mit anhören müssen, wie unsere Mütter und die Ärzte uns schon aufgegeben haben.

Meine Katastrophe mit dreizehn ist ein Fahrradunfall mit einem Tank-LKW, der in der Kurve ausschwenkt. Daher auch mein kaputter Fuß. Der Schädel ist gebrochen. Die Bruchstelle fühle ich bis heute jedes Mal, wenn ich mir die Hand auf den Kopf lege. Die Nase ist zertrümmert, ein Ohr ist ab, Zähne sind raus. Alle denken, ich höre nichts, und die Ärzte sprechen darüber, dass ich sterben werde. Aber ich höre alles. Meine Mutter antwortet den Ärzten: »Schade, dass es den Ältesten trifft, mit ihm habe ich doch schon die meiste Arbeit gehabt.« Du hörst einen solchen Satz und die Welt sieht danach anders aus. Ich glaube, ich beschließe in dem Moment, zu überleben. Nach acht Wochen verlasse ich das Krankenhaus und nach einem halben Jahr gehe ich wieder zur Schule.

Bei Marie dauert die Sache mit dem Krankenhaus fast ein Jahr. Aus dieser Zeit stammt auch die krakelige Narbe an ihrer Schläfe. Wenige Monate davor hat sie bereits eine andere, ihr Leben verändernde Katastrophe erlebt, von der ich hier jedoch nicht schreiben will. Wenn ich an das denke, was Marie als Kind erlebt hat, werde ich ganz still und höre auf, von ihr irgendetwas wie Vertrauen oder Beständigkeit zu fordern, so sehr ich das auch eigentlich von ihr bräuchte. Sie hat das wirklich gut gemacht bis heute. Sie ist damit seit über 25 Jahren Pfarrerin und ich glaube, sie ist vielen Menschen in ihrer Gemeinde eine große Hilfe. Ich hoffe, irgendjemand schreibt über mich auch einmal: »Kaspar hat es wirklich gut gemacht!«

Mich verbindet mit Marie, das alles von ihr zu wissen. In diesen Wochen großer Traurigkeit und Einsamkeit rede ich jeden Tag mit ihr – eine oder zwei Stunden per Skype – und jedes Mal machen wir schon das nächste Mal ab, damit sie immer weiß: »Ich bin nicht allein. Da ist jemand, der passt auf mich auf.«

Ich spreche mit ihr über das Praktische. Das ist am besten. Sie muss zu einem Arzt. Zu welchem? Wann ruft sie da an? Was erzählt sie ihm? Nicht die Hälfte auslassen! Der Arzt verschreibt ihr Tabletten. Natürlich Serotonin. Jeder nimmt jetzt Serotonin. Nebenwirkungen: Gewichtszunahme, Libidoverlust. Aber es macht die Betroffenen ruhiger und lässt sie weniger verzweifelt sein. Es tröstet Marie, nur die Hälfte der maximalen Dosis nehmen zu müssen und wohl irgendwann auch davon nur noch die Hälfte.

Nach etwa sechs Wochen fühlt sie sich weniger aufgewühlt und das Schlafen geht auch besser.

»Kaspar, es ist so gut, dass wir uns haben, du und ich!« Ganz nah an mich herangelassen habe ich diese Sätze nicht, denn ich weiß: Wenn Depressive etwas sagen, dann gilt das für den Moment. Da darf man nicht zu viel darauf geben. Irgendwann werden sie wieder in einer anderen Welt sein und dann muss man schauen, was von dem bleibt, was sie gesagt haben.

Es geschieht aber etwas, worauf ich doch nicht vorbereitet bin. Es ist wunderbar, zu sehen: Marie begeistert sich für das Leben, das Schritt für Schritt zurückkommt. Sie geht zum Friseur und schickt mir Fotos. Sie macht zum ersten Mal wieder einen Spaziergang. »Mit meiner besten Freundin Maaika. Sie ist mit mir ans Meer nach Hoek van Holland gefahren. Zwei Stunden nur Strand und Wasser!«, strahlt sie. Und: »Kaspar, mir ist eingefallen: So was wie mit dir jetzt, das habe ich in meinem ganzen Leben noch nicht erlebt. Das hat es noch nicht gegeben, dass jemand so für mich da gewesen ist. Aber warum du das getan hast, das weiß ich überhaupt nicht. Wir haben auf dem Spaziergang richtig überlegt. Irgendwann haben wir uns gesagt: ›Irgendwas wirst du schon davon gehabt haben, sonst hättest du es ja nicht getan.‹«

Schmerz steigt in mir hoch und überflutet mich: »Marie, ich habe das getan, weil ich dich gernhabe, weil ich dich mag, da macht man sowas.« »Ach ja?!«, sagt Marie und schaut mich von weit weg still an.

Später sagt sie noch: »Außerdem müssen wir wieder voneinander wegkommen. Deshalb machen wir jetzt erstmal mindestens zwei Wochen kein Skype.«

Ich will jetzt auch eine Pause. Ich halte es nicht aus, Marie plötzlich mit solch einer Kühle vor mir auf dem Monitor zu sehen. Nachts werde ich aus dem Schlaf gerissen. Wie kann sie zehnmal, zwanzigmal sagen: »Es ist so schön, dass wir uns haben«, und sich danach fragen, warum ich für sie da gewesen bin? Ich verstehe das nicht. Und ich will sie. Unbedingt. Jetzt. Ich will sie.

Ich bin wegen eines Gesundheitschecks beim Hausarzt. Alles ist o. k. Beim Verabschieden fällt mir ein: »Übrigens, ich kann nicht gut schlafen, manchmal sind es kaum zwei Stunden, danach liege ich wach bis zum Morgen. Das ist jetzt jede Nacht so. Das macht mich fertig. Ich glaube, ich habe mich verliebt.« Mein Arzt strahlt und tritt vor seine beiden Helferinnen: »Heute ist ein guter Tag!«, rezitiert er in aufrechter Haltung. »Heute haben wir nicht nur Depressive, sondern auch jemanden, der sich frisch verliebt hat! Ist das nicht wunderbar?! Ein mutiger, lebendiger Mann! Das gibt es selten!« »Okay, okay«, unterbreche ich ihn, »aber ein bisschen schlafen möchte ich trotzdem.« Er verschreibt mir Opipramol. Direkt vor dem Schlafengehen eine Tablette. Zum ersten Mal in meinem Leben nehme ich etwas, das vielleicht meine Gefühle verändert. Wieder zu Hause lese ich nach: Opipramol hilft gegen Panikattacken und Angststörungen. Keine Suchtgefahr, keine Auswirkungen auf die Sexualität. Mit einer Tablette komme ich tatsächlich besser durch die Nacht. Vier Stunden Schlaf anstelle von zwei.

Beim nächsten Skype-Call erzähle ich Marie diese Geschichte. »Das ist echt lustig, wie du erzählen kannst«, sagt sie, macht eine Pause und redet dann über etwas anderes. Hey, ich habe dir gerade erzählt, dass ich mich in dich verliebt habe! Ist Marie jetzt, wie es manchmal vorkommt, irgendwo ganz weit weg, oder sagt sie nichts, weil sie das mit der Liebe nicht hören will?

»Das ist echt lustig, wie du erzählen kannst« und: »Irgendetwas wirst du schon davon gehabt haben!« Da stimmt etwas nicht, ich muss aufpassen. Schon in der Sekunde, in der ich so etwas höre, ist Schmerz da, Alarm. Deshalb sind solche Sätze auch wunderbar für mich, denn ich weiß dann, wie meine Lage ist, und was ich tun muss, wenn ich heil davonkommen will. Gleichzeitig lassen mich solche Sätze aber immer allein zurück. Dieses Mal bei Marie gehe ich nicht weg. Ich bleibe, trotz dieser Sätze.

Die Gedanken, die verstehen wollen und einen Ausweg suchen, rasen hin und her. »Irgendwas wirst du schon davon gehabt haben, sonst hättest du es ja nicht getan!« kündigt alles auf, was uns verbindet. Vielleicht will sie mir nichts schuldig sein? Vielleicht will sie mit niemandem verbunden sein, der weiß, wie es in ihrem Inneren aussieht? Keine Ahnung.

Einige Wochen später reden wir wieder: »Wie geht es dir, Marie?« »Gut! Warum fragst du?« »Na ja, neulich ging es dir, ich sage mal: nicht so gut!« »Ach, das meinst du! Ich war nicht depressiv oder so, auch wenn du das denkst, nur etwas überlastet. Die zahlreichen Beerdigungen, der Umzug, meine Mutter, das ist mir einfach alles zu viel geworden. Das ist normal, wenn einem so etwas zu viel wird. Ach ja, was ich dir da geschrieben habe, das war in einem Moment, das kann vorkommen, dass man sowas schreibt. Dabei habe ich eine wirklich glückliche Kindheit gehabt. Schau mal hier!« Sie holt ein Foto aus dem Schrank und hält es in die Kamera. »Das bin ich neben meiner Tante. Vielleicht bin ich da vier oder fünf. Zu der Tante habe ich immer eine besondere Beziehung gehabt. Witzig, sie hat auch ab und zu Schnaps getrunken, genauso wie ich das heute mache, wenn ich einschlafen will. Echt lustig!« Nur noch einmal spricht Marie über das, was mit dreizehn war. Ich küsse ihre Füße. Marie hat schöne Füße! Sie fragt mich: »Siehst du die Wunden? Das ist alles aus der Zeit!« »Und die Narbe im Gesicht auch?« »Ja.«

Irgendwann liegen wir dann doch verliebt zusammen auf dem Sofa. Wir halten uns glücklich im Arm, vertrauen grenzenlos, verzeihen alles und erzählen uns Wahrheiten. Aber manchmal höre ich etwas, bei dem ich Marie loslasse, aufstehe und traurig in den Himmel schaue. An den drei Hochhäusern »De Rotterdam« sind zwei Etagen hell erleuchtet. Ich schaue auf Maries Hals. Eine blonde Locke federt etwas auf und ab, wenn sie spricht.

Ich erzähle von Ilse, mit der ich meine erste längere Beziehung habe. Mit Ilse spiele ich die »Entvölkerung des Bettes«. Die Idee habe ich vom Anti-psychiater David Cooper. Er schreibt, dass Liebende einander deshalb fremd bleiben und sich nicht fin-den können, weil sie niemals miteinander alleine sind, weil auch im Bett immer noch jemand mit da-bei liegt. Das Spiel geht so: Identifizieren und Raus-schmeißen. Wenn also jemand mit im Bett liegt, der da nicht hingehört, dann stoppst du kurz alles. »Ilse, warte! Meine Mutter sagt gerade: ›Ob das die Richtige für dich ist?‹ Und ich sage: ›Mutter, sei still und hau ab, ich werde jetzt hier mit Ilse ficken, und zwar alleine!‹« Du musst das drastisch formulieren, dann ist es der anderen Person peinlich, dabei zu sein, und zack, ist sie weg. Auch Ilse lässt sich in dieses Spiel hineinfallen. Aber manchmal guckt sie komisch. Das ist dann ernüchternd.

Eng umschlungen erzählt Marie mir im Gegenzug von Ronny: »Ein halbes Jahr lang war ich mit Ronny zusammen. Dann habe ich ihn vor die Wahl gestellt: ›Entweder machst du eine Therapie oder es ist aus!‹ Er hat keine Therapie gemacht, also war es aus. Vor mir hatte ihn die schöne Anika. Nach mir hatte ihn dann Kiki.« Bei diesen Sätzen lasse ich Marie wieder los und es hilft nicht, dass wir uns gerade in den Armen halten.

Abends zieht Marie sich die Hose aus, legt sich aufs Sofa, spuckt auf ihre Finger, macht sich feucht und zieht mich zu sich.

Dann schreit sie auf:

»ICH MÖCHTE SO GERNE AUCH EINMAL GE-LIEBT WERDEN, NUR EIN EINZIGES MAL IN

MEINEM LEBEN – UND NICHT NUR IMMER ...«

»Hey, ich bin doch da! Ich liebe dich doch, ich habe doch gerade deine Brust in meinem Mund, die du eben aus deinem Hemd geholt und mir hingehalten hast! Ich liebe dich doch!« Ich will das auch schreien, laut, damit es bei ihr ankommt, aber als ich sie plötzlich wieder ganz unbeteiligt daliegen sehe, glaube ich nicht, dass ich sie erreichen kann. Ich sage nichts und fühle mich allein. Noch mehr allein, als der Satz »Ich fühle mich allein« ausdrücken kann.

Zwei Tage später haben wir uns wieder die Pullover ausgezogen, umarmen uns mit Armen und mit Beinen. Marie lässt mich los, richtet sich halb auf und fragt mich oder sich selbst, so ganz klar ist mir das in dem Moment nicht: »Oder hätte ich besser weiter mit Luuk schlafen sollen?« Pause. »Aber Luuk kam kurz danach mit Carin zusammen und dann gab es nur noch Carin, Carin für ihn.« Ich bin erstaunt, weil ich ihr antworte, als wäre die Frage an mich als guten Freund gestellt worden: »Luuk ist ein Egomane, der kriegt von anderen nichts mit. Der ist nichts für dich.« »Komm her«, sagt Marie und drückt sich wieder an mich. Warum gibt es das am nächsten Abend noch einmal? »Oder hätte ich lieber mit Nicolaas weitermachen sollen?«, fragt Marie unvermittelt in unser Schmusen. »Von ihm habe ich dir schon erzählt. Er ist einer von ›Be2‹, der Partnerbörse.« Pause. »Aber der ist ja sofort wieder abgehauen! Ich habe hier auf dem Sofa mit ihm gelegen, genau wie mit dir jetzt und ihm meine Geschichte erzählt, von meiner Krankheit mit dreizehn, von dem, was sonst alles noch passiert ist in meiner Familie, einfach alles. Der ist danach aufgestanden und zur Toilette gegangen. Dann habe ich nur noch gehört, wie die Tür ins Schloss gefallen ist.« Pause. »Ach, du! Komm her!«

»Hey, Marie, ich kenne alle deine Geschichten. Ich haue nicht ab«, denke ich, und gleichzeitig dreht sich mir der Magen um.

Sie redet so ungeschützt, wie ich mich das nie, nie trauen würde. Ich fühle mich ihr ganz nah, und es ist grausam. Sie reibt sich gerade an mir. Ich mache einen Moment nicht mit. Wir liegen auf ihrem bunten Missoni-Sofa. Die Daunenkissen haben wir auf den Boden geworfen, deshalb gibt es viel Platz.

Marie erzählt mir von den indianischen Schwitzhütten an ihren freien Wochenenden. »Wir nehmen da Magic Mushrooms, man kann auch Psilos sagen. Am besten ist es, wenn du sie zusammen mit Cannabis und eine halbe Stunde vorher nimmst.« Sie macht wieder eine Pause und schiebt nach: »Dort gibt es Männer, die jede Frau will!«

»Nichts für mich!«, denke ich. »In der Schwitzhütte auf dem Boden zu hocken, das macht allein schon mein Fuß nicht mit, und für Menschen wie mich, die Kontrolle brauchen, gehen Drogen gar nicht. Wie sich Sex ohne Liebe anfühlt, das habe ich schon als Kind erlebt. Ich bin auch kein Mann, den alle Frauen wollen!« Diese Gedanken sollen mir helfen, das aufsteigende Gefühl von Panik zu besänftigen.

Es funktioniert aber nicht. Ich kann keine Drogen nehmen und Liebe ohne Liebe ist schrecklich und Marie, die hier in meinem Arm liegt, sucht genau das: »Sex auf Gras«. Irgendwann sagt Marie: »Die Wochenenden mit der Schwitzhütte, das ist wirklich nichts für dich!«

Meine Panik auf dem Sofa ist schon ein Jahr her, als wir wieder ab und zu per Skype reden. Unsere Gespräche vor dem Laptop laufen gut, wir wollen uns wiedersehen und verabreden uns bei ihrer Mutter in Arnhem. Das ist für mich nicht ganz so weit wie Rotterdam und Marie ist sowieso dort.

Marie, ihre Mutter und ich sitzen am runden Küchentisch und essen Gemüsesuppe. Alle Spannungen sind weg. Als hätte es die lange Zeit, in der wir uns nicht gesehen haben, nie gegeben. Es fühlt sich völlig normal an, aufzustehen und das Geschirr wegzustellen. Der Nachtisch, Buttermilchcreme mit Obststücken, ist gegessen. Marie holt ein Fotoalbum. Ihre Kinderbilder. Sie, vielleicht drei Jahre alt, hält die Hand ihrer Tante, die ich schon von anderen Fotos kenne, und steht genau vor der Haustür, durch die ich gerade hereingekommen bin. Alles, auch das Pflaster und die Gartenpforte, sind unverändert wie vor 55 Jahren. Eine ruhige Freude. Alles ist richtig nett. Ihre Mutter zeigt auf das Foto: »Ja, das ist meine Tochter.« Marie strahlt, als sie das hört.

Plötzlich schreit sie:

»ICH GEHE JETZT INS WOHNZIMMER! ICH GEHE JETZT NACH OBEN! JA, ICH GEHE JETZT NACH OBEN! ICH WILL NACH OBEN!«

»Schade, Marie muss oben noch was erledigen«, denke ich und sage: »Das ist okay. Ich kann hier bei deiner Mutter bleiben!«

Marie schreit weiter:

»WILLST DU NICHT MITKOMMEN? DU SOLLST MITKOMMEN!«

Wir lassen ihre Mutter am Tisch zurück und gehen nach oben.

Auf der Treppe nach oben schreit sie:

»SO SOLLST DU NICHT GEHEN! DU SOLLST RICHTIG GEHEN! DU SOLLST NICHT SO LAHM GEHEN!«

Mit meinem versteiften Fußgelenk gehe ich Treppen immer etwas ungelenk hoch. So what! Mit dreizehn hatte ich einfach einen Unfall.

Marie ist der erste Mensch in meinem Leben, der mich dafür anmacht.

Danach sitzen wir auf Sesseln und reden über ihren Bruder, der mit 55 noch hier bei seiner Mutter wohnt und unter der Woche nicht zuhause ist, weil er 200 Kilometer entfernt in Belgien arbeitet und dort auch ein Zimmer hat. »Und an vielen Wochenenden ist er bei seiner Sarah. Die ist 25 Jahre jünger und völlig labil. Bei der sitzt er in der Küche herum und macht sich falsche Hoffnungen«, sagt Marie, und wir reden auch noch über andere Menschen, aber nicht über uns.

Noch im Auto auf dem Rückweg bekomme ich von Marie über Telegram ein Video. Sie sitzt vor einer weißen Wand auf einem Stuhl und übt Cello. Das Stück, das sie spielt, heißt wie das Instrument. Wir haben »Cello« einmal zusammen auf einem Konzert von Ellen ten Damme gehört: *»Und nachts konnte ich nicht schlafen, oder wenn, dann habe ich von dir geträumt. Du spieltest Cello«.* Marie spielt mit so weichen Bewegungen, dass ich denke: »Der Windhauch von einem offenen Fenster könnte sie wegwehen. Wie kann ich da von ihr etwas wünschen?« Höre nur ich das so oder können das auch andere, die nicht verstrickt sind, wahrnehmen? (Ich habe den Ton ihres Videos in eine Cloud geladen: www.tinyurl. com/y2p3zatd.) Aber warum schickt Marie mir eigentlich dieses Video nach so einem schrägen Wiedersehen?

Auf Maries Schreien am Tisch bin ich einige Wochen später zurückgekommen. Marie sagt dazu etwas Sonderbares: »Ach, hast du in dem Moment sofort gemerkt, dass ich geschrien habe? Mir ist das, glaube ich, erst ein, zwei Wochen später aufgefallen.« Mehr sagt sie nicht. Ich sage auch nichts.

Vor diesem verunglückten Besuch bei ihrer Mutter in Arnhem bin ich auf der Fahrt dorthin fast tatsächlich unter die Räder gekommen. Mir ist etwas passiert, das mir nicht passieren darf. Es hört sich vielleicht erst harmlos an: »Ich tanke Benzin anstatt Diesel.«

Aber dreißig Kilometer weiter auf der Überholspur der Autobahn geht mir der Motor aus. Durch eine Lücke im Verkehr schaffe ich es gerade noch, auf die Standspur zu rollen. Ich organisiere mir einen Abschleppdienst und einen Mietwagen. Mit zwei Stunden Verspätung komme ich bei Marie in ihrem Elternhaus an.

Den Moment, in dem ich im schnellen Verkehr doch noch eine Lücke finde und es danach mit viel Glück auf die Standspur schaffe, wiederhole ich immer wieder im Kopf. Solche Fehler wie beim Tanken dürfen mir nicht passieren. Ich muss aufpassen. Das mit Marie darf mich nicht umbringen. Ich werde hin- und hergeschüttelt, immer wieder. Ich erinnere mich daran, wie der Hund auf unserem Bauernhof die Ratten gejagt hat. Er hat sie am Genick gepackt und geschüttelt, damit sie die Orientierung verloren und nicht mehr wussten, wo oben und unten war und wie sie sich durch Bisse verteidigen konnten. Irgendwann brach ihr Genick und sie waren tot. Genau das wollte der Hund. Marie will das bestimmt nicht. Egal, aber ich verliere jetzt manchmal die Orientierung und ich muss an die Ratten denken, an meinen Fehler beim Tanken und an ihr Schreien, nur weil sie ins Wohnzimmer gehen will. Und ich denke an ihr Cello und an alles andere auch.

Ich schlafe wieder schlechter. Schlechter heißt, höchstens zwei Stunden am Stück. Marie, Marie, Marie.

Ich habe mich bei Marie so aufgehoben gefühlt und schon ist alles wieder vorbei und ich weiß noch nicht einmal, warum. Wie kann man morgens am Frühstückstisch sitzen und mit einer Kaffeetasse in der Hand aufblicken und sagen: »Ach übrigens, ich möchte nicht mehr mit dir schlafen. Das kann ich dir doch nicht geben.« »Du sollst mir nichts geben. Du willst etwas von mir oder du willst nichts von mir«, antworte ich, mehr nicht. Und mittags nach dem Essen, sie hat sich gerade allein aufs Sofa gelegt, ruft sie herüber: »Sind wir jetzt eigentlich noch zusammen oder nicht?« »Natürlich nicht!«, rufe ich zurück, mehr sage ich nicht. Und abends schreit Marie mich an, weil ihr mein Zähneputzen zu lange dauert, und ich nicht sofort bei ihr im Bett liege.

Ich schlafe jetzt wieder neben Gabriele. Ich kann ihr ein bisschen von meinen Gefühlen und Marie erzählen. Das tut gut. Ab und zu halten wir wieder die Hand des anderen. Sie merkt natürlich, wie lange ich wach liege, und will, dass ich nochmal zum Arzt gehe. »Der kann dir bestimmt etwas zum Einschlafen geben.« »Gabriele ist liebevoll, praktisch, hat ein riesiges Herz. Aber ihre Gefühle äußert sie verhalten, nicht so wie Marie«, denke ich und fühle mich schlecht, dass dieser Satz in meinem Kopf ist.

Meinem Arzt erzähle ich, was aus dem von ihm freudig begrüßten Verliebtsein geworden ist. »Alle Menschen befinden sich auf dem Meer«, sagt er. »Bei den einen ist das Meer ganz glatt, keine Welle, kein Luftzug. Da muss man aufpassen, denn die bringen sich manchmal irgendwann um. Das ist auch kein Wunder, wenn nichts los ist. Dann gibt es die Normalen, da ist das Meer mal so, mal so, je nachdem, was gerade passiert, aber meistens ist das Leben für sie ganz erträglich, ab und zu sind sie sogar ein bisschen glücklich. Und dann gibt es die, die immer von Stürmen hin und hergeschleudert werden. Auch um die muss ich mich manchmal kümmern, wenn sie es denn überhaupt wollen, denn sonst gehen sie irgendwann vor Erschöpfung unter.« Ich frage ihn, ob er den Sänger Ramses Shaffy kennt. Er kennt ihn nicht. Er verschreibt mir Citalopram. »Das am häufigsten verordnete Antidepressivum in Deutschland«, ergibt meine Google-Suche. Einmal täglich eine Tablette. Nach einigen Wochen werde ich ruhiger und kann besser schlafen, obwohl witzigerweise als Nebenwirkung Schlaflosigkeit aufgeführt ist. Citalopram nehme ich insgesamt vier Monate.

Mit Marie geht es weiter hin und her. Plötzlich ist sie wieder warm, fühlbar, nahbar. Es ist richtig schön mit ihr und ich fühle, wie ich mich entspanne. Manchmal glaube ich sogar, dass es doch einen Punkt geben könnte, an dem das ganze System zusammenbricht und Marie und ich neugeboren, nackt und unschuldig auf einer neuen Erde landen und noch einmal ganz von vorne beginnen können. Kurz danach weiß ich, dass diese Hoffnung Quatsch war. Marie ist, ohne dass ich irgendeine Ahnung habe warum, wieder eine ›frozen woman‹. »Marie, was meinst du, wie kommt es, dass mich zurzeit alle meine Nachbarn deutlich freundlicher behandeln als du?«, frage ich. Marie kontert: »Du sollst nicht über mich reden, du sollst von dir reden!« »Richtig, da gibt es einfache Kommunikationsregeln!«, denke ich zynisch und zu Marie sage ich: »Es fühlt sich auf einmal kalt an zwischen uns. Mir macht das wirklich etwas aus. Sag mir doch bitte, was los ist!« »Okay«, sagt Marie, »das darfst du sagen.« Mehr sagt sie nicht.

Ich habe das Gefühl, dass kleine Tiere an mir hochkriechen, sich in meine Haut bohren und die Nerven freilegen, einen Nerv nach dem anderen. Wenn ich abends den Arm um Gabriele lege, nimmt sie ihn und legt ihn wieder weg: »Kaspar, es tut mir leid, aber das geht nicht. Du stehst unter Strom, und deine Hand überträgt alles zu mir. Ich kann nicht schlafen, wenn du mich anfasst. Können wir so schlafen, dass heute jeder auf seiner Seite liegt? Was ist denn los? Willst du erzählen?« Ich will nicht erzählen. Ich weiß nicht, was ich will. Auf jeden Fall will ich schlafen.

Countdown

Warum schreibe ich immer weiter? Vielleicht schreibe ich nur noch gegen das Ende an, um dadurch etwas länger mit Marie zusammenbleiben zu können. Oder hoffe ich trotz allem, doch noch irgendwo den Zauberspruch zu entdecken, mit dem alles gut wird? Mit Marie ist ja tatsächlich alles vor einem Jahr zu Ende gegangen. Und ich werde auch mit diesem Text jetzt zum Ende kommen müssen. Ich entscheide mich: Noch fünfmal Marie, die letzten fünf Gespräche mit ihr werde ich noch aufschreiben, dann ist Schluss.

Mit dem Schreiben höre ich dann auf, aber vielleicht geht es mit Marie doch noch irgendwie weiter? Hoffnung fühle ich immer noch und an Hölderlins Satz: »Wo aber Gefahr ist, wächst das Rettende auch« glaube ich wie an ein Naturgesetz. Für Hölderlin selbst hat sich dieser Satz aber nicht bewahrheitet. Alle seine wunderbaren Texte haben ihm nichts genützt. Seine große Liebe, Susette, konnte er zwar ein Leben lang in seinen Gedichten vorkommen lassen, im wirklichen Leben blieb sie für ihn aber immer außer Reichweite.

5

»Nichts am Ton dieses fünftletzten Gesprächs hat gezeigt, wie nah wir dem Ende waren«, denke ich und beginne mit dem Schreiben.

Während des Gesprächs geht es mir gut, richtig gut mit Marie. Irgendwann denke ich: »So kann es doch eigentlich bleiben.« Nach einer Stunde fragt Marie: »Können wir noch ein bisschen?« »Ja, klar!« Und dann reden wir noch lange weiter:

»Kaspar, kennst du die Passionsgeschichte, in der Jesus auf dem Weg zum Kreuz von Simon Petrus verleugnet wird? Mich bedrückt diese Geschichte. Ein Mensch in tiefster Not braucht einen anderen Menschen, dann ist der nicht da, und dann redet er sich mit banalen Dingen raus.« Mir gefällt Maries Absolutheit nicht: »Hätte irgendjemand etwas davon gehabt, wenn Petrus in der Situation zu Jesus gestanden hätte? Niemand! Jesus hätte gesehen, wie Simon Petrus deswegen verhaftet und ebenfalls hingerichtet worden wäre.« Marie folgt mir nicht: »Es ist das tiefste Bedürfnis jedes Menschen, einen anderen Menschen zu haben, der unverbrüchlich zu ihm steht, egal welche Konsequenzen das hat, egal wie gemein, wie schrecklich oder einfach nur unaufmerksam man gerade selbst zum anderen gewesen ist. Kaspar, jeder braucht einen anderen, der für ihn da ist. Das ist das Wichtigste!« »Marie, Simon Petrus kann das von Jesus genauso erwarten. Wenn Jesus für Petrus genauso bedingungslos da ist, wie er das andersherum erwartet, darf er nicht wollen, dass Petrus sich öffentlich zu ihm bekennt und damit in den sicheren Tod läuft. Im Gegenteil, er hätte ihn als besten Freund genau davon abhalten müssen.« Marie antwortet: »Wir Menschen sind immer schwach, wir werden immer schwach sein und am anderen scheitern, aber sehnen tun wir uns nach dieser unverbrüchlichen, unaufkündbaren Liebe. Nur in diesem Angenommenwerden können wir unsere Berechtigung erleben.« Von meinem Monitor schaut sie mir direkt ins Gesicht. »Das ist eine Notwendigkeit für unsere Existenz, versteh das endlich!«

»Das ist unbedingter, wahrer und wuchtiger, als ich mit meinem Abwägen und Wenden jemals sein kann«, denke ich und verstumme. Dann setzt der Gedankenstrom wieder ein: »Vielleicht reden wir ja gerade über uns? Was sonst bringt Marie dazu, so mit mir zu reden?« Oder sucht Marie einfach neue Ideen für eine Predigt? Sie hat schon ein paarmal deshalb mit mir über Bibeltexte gesprochen. Der Gedanke tut weh.

Marie beendet ihr Schweigen: »Es ist so schön!« »Ja«, antworte ich und bekomme Herzklopfen. Warum jetzt Herzklopfen? Ist die Fallhöhe gerade für den nächsten Absturz beängstigend groß geworden?

Auch dieser Gedanke tut weh und ich sage: »Jeder braucht es, dass ein anderer da ist, unbeirrt und bedingungslos da ist.« Ich stoppe, weil ich merke, dass ich über uns spreche und Marie das nicht merken soll. »Machen wir hier Schluss?«, frage ich. Das machen wir dann. Lange sitze ich still da und höre mein Herz pochen.

»So könnte es eigentlich immer sein, so könnte es bleiben«, denke ich. Und ich habe Angst, denn dem, was ich erlebe, traue ich nicht mehr. Alle meine Begegnungen und Kontakte fühlen sich auf einmal brüchig und fragwürdig an. Werden meine Nachbarn noch die gleichen sein, wenn ich sie treffe? Das frage ich mich wirklich. Kann ich davon ausgehen, dass sie mich morgen noch grüßen? Wie ist es mit meinen Freunden, mit dem Busfahrer, mit meiner Tochter? Kann ich mich auf irgendjemanden noch verlassen?

4

Wieder erzählen wir uns zuerst, was jeder gerade erlebt hat. Marie eine halbe Stunde, dann ich auch eine halbe Stunde. »Können wir uns nicht bald einmal wiedersehen?« »Jetzt noch nicht!«, antwortet Marie. »Außerdem gibt es bei mir bis zum Ende des Jahres kein einziges freies Wochenende mehr. Ein Kongress zum Umgang mit Flüchtlingen, die sich jetzt taufen lassen wollen und sich dadurch wahrscheinlich Vorteile bei ihrem Aufenthaltsstatus ausrechnen, die Wochenenden mit meiner Mutter, Termine in Brüssel, meine Tochter – aber wenn etwas frei wird, sage ich sofort Bescheid, dann können wir schauen.« Etwas beruhigt sich in mir, weil es möglich gewesen ist, darüber zu sprechen. Marie blickt mich lange nur an. »Es ist so schön!«, sagt sie wieder. Mir wird warm und wir reden noch über die Kraft von Geschichten, dass es wichtig ist, gute Geschichten immer wieder zu erzählen.

»Die gute Geschichte von Jesus und Petrus ist, dass Jesus nach seiner Auferstehung mit Petrus gesprochen hat. Durch dieses Miteinander-Sprechen haben sie die Gemeinschaft zwischen ihnen wieder hergestellt«, sagt Marie. Ich erzähle ihr von meinen Gedanken dazu: »Hätte Petrus nicht einfach zu Jesus sagen können: ›Meister, ich habe dich verleugnet. Das ist wahr. Es tut mir leid, aber ich war schwach und habe einfach nur versucht, mein eigenes Leben zu retten. Deshalb konnte ich nicht zu dir stehen. Bitte vergib mir!‹? Hätte Petrus das nicht so auflösen können? Ich finde, Petrus hat Rechte, denn er stirbt später ja doch noch, genau deshalb, weil er sich zu Jesus bekennt.« Ich erinnere Raphaels Gemälde von dieser Situation: »Zu schwülstig«, denke ich, »oder fehlt mir etwas, um das Bild zu verstehen?«

Marie reißt mich aus meinen Gedanken:

»PETRUS SCHÄMT SICH! DER KANN DAS NICHT SAGEN! ER SCHÄMT SICH, VERSTEH DAS DOCH ENDLICH!«

Dann ist es wieder still. »Hat das alles vielleicht doch etwas mit uns zu tun? Und warum sagt sie immer wieder ›endlich‹?«

Marie erklärt mit ruhiger Stimme, dass biblische Geschichten mit solch einfachen Lösungen nichts hergeben würden, dass aus einfachen Geschichten keine Religion erwachsen könnte. Außerdem ginge es in dieser Geschichte nicht darum, einen Konflikt zu lösen, sondern um die Liebe. »Denn ohne Liebe ist alles Garnichts!«, sagt sie. »Ja, zuerst ist die Liebe und der Rest ist Folge davon – Glück und Unglück!«, sage ich, weil es mich ärgert, dass Marie so mit mir über Liebe redet, und wahrscheinlich zucke ich dabei mit den Schultern.

Marie zitiert aus der Bibel:

»*Al ware het, dat ik met …*«

Sie wechselt ins Deutsche:

»*Wenn ich mit Menschen- und mit Engelszungen redete und hätte die Liebe nicht, so wäre ich ein tönendes Erz oder eine klingende Schelle. Und wenn ich prophetisch reden könnte, und wüsste alle Geheimnisse und alle Erkenntnis und hätte allen Glauben, sodass ich Berge versetzen könnte, und hätte die Liebe nicht, so wäre ich nichts.*«

Verglichen mit diesem Text aus der Bibel klingt das, was ich Marie antworte, hart, profan, auswendiggelernt. ›Auswendiggelernt‹ stimmt ja auch ein bisschen nach dem vielen Nachdenken über Liebe in den letzten Monaten: »Den Augenblick der Liebe gibt es. In der Liebe sind meine Sinne und Empfindungen meine leitenden Philosophen. Dieser Augenblick der Liebe, der erschüttert, kann lange nachhallen, manchmal ein ganzes Leben lang, aber gleichzeitig gibt es keine der Liebe innewohnende Kontinuität. Das ist das Grausame daran.«

Wir schweigen eine ganze Weile. Marie wiederholt: »Es ist so schön mit uns!« Dann schweigen wir.

Und dann schreit sie wieder:

»WENN DU DAMALS NICHT SO CLAIMING GEWESEN WÄRST, DANN WÄREN WIR JETZT …«

Was kann ich ihr darauf sagen? Ich antworte mit empört klopfendem Herzen: »Marie, ja, ich habe dich geliebt! Ich habe dich geliebt, als du mich schon nicht mehr geliebt hast. Wenn man liebt, dann will man alles.« Wieder eine lange Stille. »Bis bald«, höre ich Marie sagen.

›Bis bald‹ bedeutet: bis in zehn Tagen, denn das nächste Skype haben wir schon ausgemacht. Wir wollen jetzt wieder öfter reden.

Ich sitze noch einige Zeit vor dem jetzt weißen Bildschirm. Für Jesus und Petrus ist es also wichtig, über das, was passiert ist, miteinander zu sprechen, damit sie wieder zusammenfinden.

Und die Marie, die genau das mit einiger Wucht erzählt, torpediert jeden Versuch, über das zu reden, was zwischen uns passiert ist. Wie passt das zusammen?

3

Gleich sind wir wieder auf Skype verabredet. Ich schicke Marie ein Foto mit dem abendlichen gelben Himmel vor meiner Haustür: »*Hallo Marie, bin gerade noch zur Spree gegangen. Ist bei dir auch so schönes Wetter? Bis nachher, ich freue mich.*« Dann um acht: keine Marie. »*Marie, wo bist du?*« Eine Stunde später schreibt sie zurück: »*Hallo Kaspar, ich war heute Abend unterwegs. Dann gab es noch Probleme mit dem Auto. Hatten wir eine Verabredung? Bei dir alles gut? Bei mir jetzt auch wieder …*«

Ich rufe sie an. Sie erzählt mir von ihrem Abend mit Jarla. Sie sind zusammen essen gewesen. »Weil wir jetzt 30 Jahre befreundet sind. Es ist so wunderbar, wenn man jemanden so lange kennt.« Sie essen beim Inder eine Fisch Thali. Danach wollen sie nach Hause, stellen aber fest, dass der Schlüssel im verschlossenen Auto liegt. Also müssen sie zuerst mit dem Taxi zu ihr, dort ihren Nachbarn finden, von ihm den Schlüssel zu ihrer Wohnung holen und dann mit dem Ersatzschlüssel zurück zum Auto. Dann fährt Marie noch Jarla nach Hause. »Ich bin erst seit einer halben Stunde wieder da, sitze auf dem Sofa und habe mir gerade ein paar Kerzen angezündet«, sagt Marie. Und plötzlich schreit sie:

»DAS DARF SEIN, DASS MAN EINE VERABREDUNG VERGISST! DAS DARF SEIN!«,

und fügt immer noch wütend hinzu: »Wenn du willst, kannst du dich ja irgendwann wieder melden! Ich bin müde, wir machen hier Schluss!« Und dann legt sie einfach auf.

Ich habe überhaupt noch nichts gesagt. Warum ist alles wieder anders? Wo ist das, was wir in den letzten Wochen hatten? Meine Arme schmerzen, meine Brust schmerzt, überall Schmerzen.

Ich treffe meine Freundin Petra. Sie kommt mir manchmal etwas schnell mit dem, was ich tun könnte, anstatt erstmal noch weiter nachzudenken: »Kaspar, wenn du wissen willst, wie es um deine Beziehung oder Verbindung – was weiß ich, was ihr da miteinander habt – steht, musst du dir einfach nur vier Fragen beantworten. Willst du sie hören oder nerve ich dich damit?« »Natürlich nervst du, aber sag sie mir.«

„Erstens: Ist der andere ehrlich zu dir?

Zweitens: Interessiert er sich dafür, wie es dir geht und wie es dir mit ihm geht?

Drittens: Kannst du dich überwiegend auf das verlassen, was er sagt?

Und viertens: Gibt dir die Beziehung Halt oder destabilisiert sie dich? Also geht es dir durch die

Beziehung immer besser oder immer schlechter?"

Während Petra noch spricht, sind alle Antworten schon da: »Marie ist so ehrlich, dass sie mir damit immer wieder ein Messer in die Brust rammt. Sie interessiert sich eigentlich nicht dafür, wie es mir geht, und wie es mir mit ihr geht schon gar nicht. Ich kann mich nie auf das verlassen, was sie sagt. Die Beziehung mit ihr destabilisiert mich, aber hallo! Durch die Beziehung geht es mir immer schlechter.«

»Ich werde darüber nachdenken«, sage ich zu Petra, »aber es ist nicht alles positiv, was ich dazu antworten kann.« »Dann weißt du ja, was du zu tun hast!«

»Vielleicht habe ich ihr zu viel erzählt«, denke ich und dann denke ich noch: »Bei Petra kann ich alle vier Fragen positiv beantworten, aber mit ihr verbindet mich definitiv nicht mehr als eine Freundschaft. Viel zu resolut. Also können es die vier Fragen alleine auch nicht sein!« Dieser Gedanke beruhigt mich etwas.

Wir gehen zum Späti in die Wattstraße, wickeln uns in Decken ein, setzen uns auf billige Stapelsessel mit Armlehnen und essen Pizza für fünf Euro, und es ist wunderbar. Auf dem Weg nach Hause an der Spree entlang denke ich an Gabriele. Von ihr bekomme ich eigentlich alles, was man sich wünscht. Warum habe ich trotzdem immer diese Sehnsucht? Warum hat überhaupt die Liebe zwischen Marie und mir vor drei Jahren begonnen? Ich kicke eine leere Red-Bull-Dose vor mir her. Manchmal schieße ich härter. Mein Fuß ist wütend.

2

»Nicht laut werden, stoisch freundlich bleiben. Andere hätten letztes Mal zurückgeschrien. Ich bin stark, ich muss nicht schreien«, sage ich mir und maile ihr nach einer Woche. Ich schicke ihr den Link zu Helen Fischers Ted Talk »The Brain in Love« und »Das Verstehen«, einen Aufsatz des Philosophen Gadamer. *»Gerne hätte ich letztes Mal mit dir schon über beides geredet. Ging irgendwie nicht, also vielleicht nächstes Mal. Wann magst du wieder skypen?«*, schreibe ich. »Vielleicht können wir doch einmal über uns reden, vielleicht geht das, wenn wir zuerst über den Ted Talk oder den Aufsatz sprechen?«, denke ich. Gadamer beschreibt in »Das Verstehen«, wie sich die Welt auf einmal verändern kann, weil man nur einen Satz sagt, und wie sich die Welt ebenfalls ändern kann, weil man den einen Satz, der zu sagen wäre, nicht sagt.

»Den Satz, der alles ändert, kann es mit Marie nicht geben, es ist sowieso immer wieder alles anders. Es ist eigentlich völlig egal, welche Sätze gesagt werden«, denke ich.

Es dauert länger, bis wir uns wieder auf unseren Laptops sehen. »Hast du Gadamers Text gelesen?« »Ja«, antwortet Marie, mehr nicht. Dann sagt sie: »Es hat diesmal lange gedauert. Sind das sechs Wochen, seitdem wir zuletzt geredet haben?« Ich ergänze: »Eigentlich komisch, denn neulich wolltest du, dass wir jede Woche reden.«

Marie schreit. Marie schreit so ausdauernd, wie ich sie noch nie habe schreien hören:

»NIEMALS! NIEMALS HABE ICH DAS GESAGT, DASS WIR JEDE WOCHE REDEN, UND NIEMALS WILL ICH DAS! NIE, NIE WILL ICH JEDE WOCHE MIT DIR REDEN! DU LÜGST! DU LÜGST! DAS STIMMT NICHT!«

Und dann schreit sie noch einmal das Gleiche.

»Absurd!« Nur dieses eine Wort denke ich und werde auf einmal ganz ruhig:

»Marie, du hast mehrfach gesagt …«

Weiter komme ich nicht. Marie unterbricht mich:

»Okay, okay, es ist ein Missverständnis, es ist ein Missverständnis! Okay!«

Schweigen.

Dann erzählt Marie von einer Kollegin, welche die Gemeinde verlassen hat, jetzt in der Nachbargemeinde arbeitet, sich aber trotzdem noch in alles einmischt. Marie hat für sich auch in einem anderen Stadtteil eine neue Stelle entdeckt. Der Kontakt mit ihrem jetzigen Chef fühlt sich für sie nicht mehr gut an. »Ich glaube, die in der anderen Gemeinde wollen mich. Das erste Gespräch habe ich schon gehabt. Es ist gut gelaufen.«

Ich kann ihr nicht zuhören. Stattdessen höre ich immer noch: »NIEMALS HABE ICH DAS GESAGT!« Marie erzählt weiter und weiter, irgendwann, es ist spät geworden, sagt sie: »Ich bin müde, wir hören hier auf. Bis ganz bald, es war wieder so schön.«

In der Nacht wache ich auf und merke, dass mein Herz spinnt:

Bumm! – – Bumm Bumm Bumm! – – Bumm Bumm – – – – – – – Bumm Bumm Bumm ...

»Herzrhythmusstörungen«, denke ich und google, ob so was gefährlich ist. »*Meistens nicht, es kommt darauf an*«, lese ich und: »*Es sollte beobachtet werden.*« Ich lade deshalb die App »Herzdiagnose« auf mein Handy. Sie hat keine Top-Bewertungen. »Wenn ich jede Messung mit weiteren Messungen gegenchecke und den Mittelwert nehme, dann kann ich trotz der Ungenauigkeit der Messwertaufnahme nicht ganz falsch liegen«, denke ich. Ich messe von vier Uhr nachts bis sechs. Zu Beginn sind von den vier gemessenen Werten drei im roten Bereich. Nach einer Stunde gibt es noch zwei gelbe Anzeigen, der Rest ist wieder grün. »Super, das soll mir erst einmal jemand nachmachen«, denke ich noch, dann schlafe ich ein.

»Es gibt einen Satz von Goethe, der zu dieser Nacht passt.« Mit diesem Gedanken wache ich am Morgen auf und google den genauen Wortlaut: »*Schon rasst's und reisst in meiner Brust gewaltsam.*« »Der hat es echt draufgehabt«, denke ich und google weiter: »*Wutausbrüche ohne Rücksicht auf alle Konsequenzen*«, das könnte ich doch vielleicht über Marie sagen. Ich finde sofort: Marie ist nicht die Einzige, die schreit, und ich bin nicht der Einzige, dem das die Nerven freilegt. »Warum suche ich eigentlich erst jetzt im Internet?«, denke ich und lese: »*Wutausbrüche, nicht nachvollziehbar und extrem überzogen*« und dann noch: »*Jedes Gespräch über das am Vortag Gewesene schlägt fehl*«. »Das ist Marie«, denke ich und mir wird heiß und kalt und ich lese weiter, immer weiter:

»*entgrenzte Impulsdurchbrüche und Affektstürme, die sich mit archaischer Gewalt ihren Weg bahnen*«. »Wer so krass formuliert, der hat diese Wutanfälle selbst erlebt«, denke ich und möchte diesem Menschen irgendwo da draußen im Internet um den Hals fallen, weil ich plötzlich mit dem ganzen Chaos nicht mehr alleine bin. Geht die Suche auch andersherum? »*Liebevolle Zuwendung, intime Beziehung, keine Haut, keine Grenze*«. Treffer! Auch diese Suche führt mich auf Seiten mit Beschreibungen, die zu Maries Verhalten passen. Überall lese ich: »*Emotional instabile Persönlichkeitsstörung*«. Aber ich kann doch nicht einfach sagen: »Marie ist gestört«.

Obwohl, wenn ich mutig bin, kann ich das auch über mich sagen: »Gestört«. Es stimmt, auch wenn es weh tut. ›Als Kind auf dem Bauernhof unter traumatisierten Erwachsenen habe ich einfach verstörendes erlebt‹, so erkläre ich mir jedenfalls mein Zurückschrecken, wenn andere mir nahekommen und mein gleichzeitiges großes Bedürfnis nach Nähe. Ich fühle anders als andere, meine Kontakte sind jedenfalls anders, als wie ich sie zwischen anderen beobachte: hakeliger, distanzierter, näher, genau weiß ich es gar nicht. Ich hoffe nur, dass es mit Gabriele, mit meiner Tochter und mit meinen Freunden trotzdem immer irgendwie weitergehen kann. Manchmal ist plötzlich auch alles ganz leicht, ab und zu, zwischendurch. Ich könnte dann die Welt umarmen. Was ich vielleicht nur geahnt hatte, ist plötzlich Gewissheit: »Ja, das Leben könnte anders sein. Das andere Leben gibt es tatsächlich.«

»Warum ging das nicht mit Marie, auch nur einmal darüber zu sprechen, was unsere Geschichten mit allem zu tun haben, was wir miteinander erleben?«, frage ich mich und lese, dass es ihr vielleicht gar nicht möglich war, über sich zu reden. Immer wieder stoße ich auf ›Borderline‹. »Borderline‹, das stimmt«, denke ich. »Mit Marie geht man wirklich auf einer haarfeinen Linie, einer wirklichen ›Borderline‹. Auf der einen Seite dieser Linie ist es wunderbar, nah und warm, und einen Fußbreit daneben, eine Sekunde später, auf der anderen Seite dieser Linie mit der Ausdehnung ›Null‹, ist dann alles anders.« Klar, ich habe mitbekommen, dass der Begriff eigentlich anders verwendet wird. »Das macht nichts«, denke ich, »Borderline als ›haarfeine Grenze‹, genauso habe ich das erlebt.«

»Wenn ich über Marie etwas finde, könnte es auch was über mich geben!«, »*Warum bleibe ich bei jemandem, von dem ich angeschrien werde?*«, gebe ich in die Google-Suche ein. Eine konkrete Antwort finde ich nicht, nur, dass etwas im Partner, also in mir, passen muss, »*um erst mal ›unwissend‹ eine solche Bindung einzugehen*«. Aber was genau passen muss, steht da leider nicht. Es gibt aber eine Menge Ratschläge, wie man am besten reagieren soll, wenn man angeschrien wird:

»Bleibe ruhig. Widerstehe dem Drang, zurückzuschreien. Kontrolliere dein Gesicht, denn ein abfälliger Blick provoziert häufig weitere Ausbrüche. Versuche zuzuhören und zu verstehen. Nimm nichts zu persönlich. Konzentriere dich auf den Schmerz im Gesicht des Schrei-

enden. Statt dem Schreier zuzuhören, schaue auf die Verzweiflung und Frustration, die er erlebt, um den Teil der Person zu sehen, für den du später, wenn die Zeit für ein Gespräch kommt, Mitgefühl empfinden kannst.«

»Bei Marie kommt nie die Zeit für ein Gespräch«, denke ich, zucke mit den Schultern, fühle mich leer und fürchte, es stimmt, was ich gerade noch über mich gelesen habe: »*Borderliner rütteln und zerren an den Fassaden anderer Menschen, bis diese bröckeln und verborgene innere Instabilitäten zum Vorschein kommen.*«

1

Ist es, weil ich im Internet recherchiert habe? Ist es Erschöpfung? Mehr als acht Wochen denke ich jedenfalls nicht an Marie, kein einziges Mal, wirklich kein einziges Mal.

»Wie kann das sein?« Das frage ich mich sofort, als eine Freundin auf unserer Fahrt nach Leipzig im Auto plötzlich fragt: »Und wie geht es dir und Marie?« Ich beginne zu erzählen und sie fragt weiter und ich erzähle immer mehr, und alle Gefühle sind zurück. Auch Marie hat sich mehr als zwei Monate lang nicht gemeldet! Ich schreibe ihr. Etwas zwingt mich, ihr schreiben. Zwei Wochen später reden wir per Skype.

Sie beginnt: »Warum hat das eigentlich so lange gedauert, bis wir hier wieder reden? Das ist doch komisch, oder?« Ich zucke die Schultern. Sie redet über dies und das. Mit Hans Kilian kommentiere ich in Gedanken ihr Reden: »Abwehr durch Banalisierung«. Aber es nützt nichts, weh tut es trotzdem. Marie erzählt von einer Woche »Religion und Schamanismus«: »Ich habe aber eigentlich nur mit meiner Zimmernachbarin geredet, bei den Gruppenaktivitäten habe ich nicht mitgemacht. Außerhalb meiner Arbeit bin ich wohl mehr jemand für Eins-zu-eins-Beziehungen.«

»Sie verkriecht sich vor der Gruppe und dem eigentlichen Geschehen der Woche und macht dann eine abstruse Geschichte daraus«, denke ich. »Was für einen Wert hat es zu reden, wenn die Geschichten sinnfrei konstruiert sind?«

Marie spricht weiter. »Die andere Fortbildung, die ich für den Herbst geplant hatte, ist gerade abgesagt worden. Es gibt zu wenig Teilnehmer. Jetzt habe ich da plötzlich zwei Wochen frei. Echt interessant, was ich damit nun machen werde.«

»Hallo, wir hatten vor einiger Zeit doch abgemacht, bei der ersten sich bietenden Möglichkeit zu schauen, ob wir uns treffen können?«, denke ich. Wieder ist plötzlich alles anders. Marie spricht weiter über dieses und jenes.

»Lass uns hier Schluss machen«, sage ich irgendwann, »und ...«

Zum ›Wie verbleiben wir nun?‹ komme ich nicht mehr. Marie schreit:

»DAS SOLLST DU NICHT SAGEN! DAS SOLLST DU NICHT! NEIN! DU SOLLST SO WAS NICHT SAGEN!«

Stille.

»Und wie verbleiben wir jetzt?«, fragt Marie.

»Bis irgendwann einfach!« Mehr sage ich nicht.

»Ja, bis irgendwann einfach!«, antwortet sie.

Man braucht wirklich jemanden wie Marie, um sich so schrecklich einsam fühlen zu können, wie ich es gerade tue.

Ich setze mich an den Schreibtisch und schreibe: »*Marie, warum tust du das? Marie, warum bist du wieder so weit weg?*« In der Küche schrillt der Rauchmelder. Ich springe auf. Das Fett in der Pfanne steht in Flammen. Ich reiße das Fenster auf, greife den Pfannenstiel. Das brennende Öl darf nicht auf den Fußboden fließen, Holzdielen! Ich balanciere das Feuer durch die Fensteröffnung nach draußen, löse meine Hand und die Pfanne fällt mit dem lichterloh brennenden Fett auf den Fußweg. Meine Hand stinkt. Die Haare sind abgeflammt. Der Ruß des Feuers hat einen dunklen Fleck auf der Fensterbank hinterlassen. Nachdem die Pfanne abgekühlt ist, entsorge ich sie tief in der Mülltonne. Niemand soll sehen, was passiert ist und was hätte passieren können. Den Fleck auf der Fensterbank versuche ich wegzuwischen. Rußflecken sind hartnäckig. Es bleibt ein Schatten. Ich mache ein Foto, damit ich mir beweisen kann, dass ich Marie aufgeben muss. Ich beeile mich. Ich muss heute noch Marie schreiben: »*Ich gebe auf!*«

Ich schreibe:

»Trauriger Text, mit ruhigem Herzen geschrieben.

Marie, ich gebe auf. So schnell, wie es fast in jedem unserer Gespräche zu Ärger und Missverständnissen kommt, so wenig sind wir in der Lage, uns darüber auszutauschen und überhaupt zu verstehen, was passiert. Das ist jedenfalls gerade meine Wahrheit. Wir können offensichtlich über nichts reden, was uns betrifft, das finde ich fatal.

Ich gebe mit ruhigem Herzen auf. Es ist sehr schade, aber es ist die Realität. Du bist Marie und ich bin Kaspar. Wir haben es einfach auch mit einer Freundschaft nicht hinbekommen. Wahrscheinlich hast du eine ganz andere Geschichte dazu. Aber die kenne ich nicht, denn wir konnten nicht reden.

Alle guten Wünsche für dich! Kaspar«

Maries Brief mit ihrer Antwort kommt umgehend.

»*Hallo Kaspar, danke für Deinen Brief, Deine Mitteilung.*« Und sie schreibt, dass es sich nun herausgestellt hätte, dass wir einfach unterschiedliche Bedürfnisse hätten, ich das Sprechen und sie das Schweigen. Wie das eben so sei: Man treffe einen Menschen, laufe eine Weile einen gemeinsamen Weg und dann müsse jeder wieder seinen eigenen gehen. Nachdem sie mir alles Gute gewünscht und sich dafür bedankt hat, was sie mit mir hat teilen können, fügt sie noch hinzu, dass wir aber vielleicht auch nur gedacht hätten, etwas miteinander zu teilen, es aber wohl doch nie so gewesen sei.

Dann schreibt sie noch, dass ihr alles nichts ausmacht und endet mit: »*No hard feelings, Marie*«

NACHHALL

Ich denke: »Du schreist und wütest immer wieder und bist immer wieder anders, und nichts davon darf zur Sprache kommen. Wie eine Säure frisst sich dieses Schweigen in alles Lebendige.« Und ich rede in meinen Gedanken weiter mit Marie: »Wir umarmen uns und umarmen uns, und plötzlich gibt es dich nicht mehr. Das ist das Schrecklichste. Was du mir manchmal gesagt hast, das war bedenkenlos grausam, so was kann man doch niemandem sagen! Du hast keine Vorstellung davon, wie es einem geht, wenn man so etwas hört.« Hätte ich so, wie jetzt in Gedanken, einmal tatsächlich mit Marie reden sollen? Hätte das etwas geändert?

Ich habe gelesen, dass es nichts geändert hätte. Deshalb ist unser Ende wohl von Beginn an vorprogrammiert gewesen: Immer mehr passiert, und nichts davon können wir wieder loswerden! Schon rein logisch betrachtet geht es dann irgendwann nicht mehr. Wenn der Müllhaufen im Zimmer immer größer wird, bleibt einfach kein Platz mehr zum Leben, auch dann nicht, wenn man die Fenster aufreißt und schreit.

Logik ist etwas Wunderbares! Wenn man aus dem Grund schweigen will, weil etwas nicht zur Sprache kommen darf, sagt genau dieses Nicht-Reden-Wollen, dass da etwas ist, denn sonst gäbe es keinen Grund, das Schweigen so vehement zu fordern. Damit wird aus dem Nicht-Reden-Wollen ein Reden. Nur sind nicht mehr die Worte Repräsentant dessen, was der Fall ist, sondern es sind die nicht ausgesprochenen Worte, auf die man sich aber nie beziehen kann.

Das unbarmherzig Effiziente an dieser Logik ist auch, dass sie mich darauf hinweist, dass meine Gedanken über Maries Nicht-Reden-Wollen von einer Voraussetzung ausgehen, die nicht wahr sein muss. Meinen Gedanken im letzten Absatz liegt die Annahme zugrunde, dass Marie Situationen ähnlich wie ich empfindet, sich zu den Dingen, die passieren, nur anders verhält. Für sie selbst wäre ihr Schreien dann genauso irre wie für mich. Sie schweigt aber, einfach, weil sie sich schämt.

Aber vielleicht stimmt diese Hypothese gar nicht? Was ist eigentlich, wenn für sie ihre Wutausbrüche im Nachhinein betrachtet keine Explosionen sind, wenn Umarmungen hinterher für sie kein Verbundensein, keine Sicherheit, kein Trost sind? Was ist, wenn all unsere gemeinsamen Erlebnisse für sie in der Rückschau vielleicht nur noch unbedeutende, vage Erinnerungen sind? Dann gäbe es tatsächlich nichts, worüber zu reden wäre, und meine Frage: »Was war das eigentlich gestern Abend mit uns?« müsste ihr fremd erscheinen. Sie könnte diese Frage gar nicht verstehen.

Wenn ich diesen Gedanken weiterdenke, dann

könnte es möglich sein, dass sie sich selbst nicht verstehen kann, vielleicht nie. Wie fühlt sich so etwas an? Wie fühlt es sich an, wenn das Eine von gestern mit dem Anderen von heute nicht verbunden ist? Wie fühlt man sich damit?

»Verloren«, denke ich und »es wäre grauenhaft, man wäre sich selbst ein Fremder, eine Fremde«. Zum ersten Mal glaube einen Moment, doch etwas verstehen zu können. Ich fühle nichts dabei, außer, dass sich mir der Magen umdreht. Was haben wir eigentlich die ganze Zeit miteinander gemacht? Was gab es da wirklich zwischen uns? Was habe ich von ihr überhaupt verstanden, und sie von mir? Was verstehen Menschen überhaupt voneinander, wenn sie sich verstehen? Was ist Verstehen eigentlich? Was ich mit Marie erlebt habe, wirft viele Fragen auf, Fragen, die am Ende niemand beantworten kann. Damit kämpfe ich jetzt.

»Logik tut weh«, denke ich. Das tut sie.

Am liebsten würde ich jetzt schweigen, denn ich will Träume, keine Tränen. Ich schreibe das, als hätte ich die Wahl und schüttele den Kopf über mich.

Unsere Geschichte war kurz, sehr kurz. Es gab einige glückliche Momente. Ja, in diesen Momenten habe ich zum ersten Mal in meinem Leben den Schmerz gefühlt, der immer da ist, einfach, weil er neben Marie aufgehört hatte. Das ist beachtlich. Mit sechzehn habe ich mir und meinen Brüdern auf dem Bauernhof einen Raum für unsere Partys eingerichtet und mit dem Ruß einer brennenden Kerze an die Decke geschrieben:

»Der menschliche Kontakt ist, selbst wenn das Erlebnis ein negatives sein sollte, der größte Erwecker einer intensiven Libido. C. G. Jung«

Der Satz stammte aus einem der ersten Bücher, die ich organisiert hatte, um mir die Welt erklären zu können. 54 Jahre später stimmt der Satz immer noch. Warum wusste ich das mit sechzehn schon?

Damals brauchte ich natürlich Liebe, und ich brauche weiter Liebe; im Allgemeinen, aber insbesondere brauche ich Marie. Auch wenn das auf Dauer nicht geht, auch wenn es diese Liebe nur wenige Momente für mich gegeben hat. Ich will wieder an diesen Ort, an dem ich zum ersten Mal im Leben fraglos zuhause war, diese Bleibe, diese Heimat. Was weiß ich, was ich dazu sagen soll, ich war ja noch nicht oft dort.

Gott ist auch nicht besser als ein mittelmäßiger Handwerker. Was heißt das schon, wenn er am letzten Schöpfungstag sagt: »Es ist alles sehr gut«. Auch Handwerker hinterlassen eine Baustelle mit einem »Ich bin fertig«. Manchmal hat man noch Tage nachzuarbeiten, zu saugen und zu wischen sowieso. Mit Gottes mangelhafter Schöpfung haben wir das ganze Leben zu tun. Wenn man genau hinsieht, trägt alles um uns herum das Mal des Ungefähren und des Misserfolgs. Sicher gibt es Ausnahmen. Die gibt es zwangsläufig, die Möglichkeit des Glücks muss weiter bestehen. Das ist der Köder, der dabei hilft, immer wieder neu zu beginnen. Es geht doch gar nicht anders, als sich immer wieder einzulassen, hoffnungsvoll und vertrauend. Wenn man das nicht tut, ist es doch kein Leben. Warum weiß Marie das nicht?

Diese Gedanken hier aufzuschreiben, tröstet mich. Ich werde von ihnen in den Arm genommen, sie streichen mir über den Kopf. Letztlich aber, und ich zögere diese Wahrheit hinzuschreiben, sind es nur Konstruktionen, interessengeleitete, durchschaubare Konstruktionen.

Träume sind anders, Träume sind einfach da, Träume sind auf ihre Weise immer wahr. In der Zeit mit Marie gab es davon nur wenige. Wenn man immer nur aus dem Schlaf aufschreckt, dann erinnert man keine Träume.

Aus drei Jahren sind drei Träume geblieben. Wie Episoden einer kleinen Netflix-Serie sind sie miteinander verbunden.

Traum eins: Eine Herde riesiger Kaltblüter galoppiert durch die Steppe. Die Erde bebt. In einer Wolke aus grell von der Sonne beschienenem Staub sind nur die dahinfliegenden Pferderücken und die wehenden Mähnen zu erkennen.

Hoch oben über diesem bewegten Meer aus Staub, Schweiß und Muskeln, da stehe ich, breitbeinig auf zwei Pferderücken, weit nach hinten gelehnt, in jeder Hand einen Zügel. »Ja! Vorwärts!« Mein Freudenschrei übertönt das Donnern der Hufe. Es geht weiter und weiter und ich fühle mich mächtig und frei wie nie zuvor.

Glücklich bin ich. Auch nach dem Aufwachen noch. Was heißt hier Aufwachen? Wo ich doch vor

Glück kaum in den Schlaf finde. Ein paarmal jede Woche sehen Marie und ich uns jetzt auf Skype. Bald fahre ich wieder zu ihr. »Wir sind jetzt zusammen.« Ein zu großer Satz, den ich kaum auszusprechen wage. Der Klang meiner Stimme könnte ihn verderben.

Traum zwei vielleicht ein halbes Jahr später:

Ich stürze zwischen galoppierenden Pferdeleibern auf den Boden. Mit einem Bein bleibe ich in einer Leine hängen, werde über die Erde geschleift, pralle auf Steine und schleudere in die Luft. Sträucher reißen mit Dornen tiefe Risse in meinen Körper. Die Pferde rasen weiter, immer weiter. Direkt neben mir ihre wirbelnden Hufe. Jeden Moment kann ich zerstampft werden. Es hört nicht auf. Meine Schreie werden jedesmal vom Aufprall auf den Boden zum Schweigen gebracht. Es soll aufhören, der Traum soll aufhören, alles soll aufhören.

Schweißnass wache ich auf. Die Nacht ist noch lange nicht zu Ende. Ich will endlich wieder schlafen können.

Dann, vor Kurzem, meine Geschichte mit Marie ist eigentlich schon aufgeschrieben, gab es den dritten Traum:

Ich fliege über weites flaches Buschland. Tief unter mir, ganz allein mitten in der Landschaft, sitze ich. Die Sonne scheint. Pferde grasen in der Nähe. Ich tue nichts, hocke einfach da.

Vielleicht warte ich auf etwas? Nein, noch nicht einmal das. Ich sitze zwischen Grasbüscheln und lasse Sand und kleine Steine durch die Finger rieseln.

Ich sehe mich dasitzen, sehe wie ich meine ge-
spreizten Finger gegeneinanderschlage, um den ju-
ckenden Staub abzuklopfen.

Ich beobachte mich weiter wie ein scharfäugiger
Greif, der über mir seine Kreise zieht, und wundere
mich über meine Sorglosigkeit: »Es gibt nirgendwo
Wasser! Werde ich den Weg finden, es nach Hause
schaffen? Und warum scheint mich das alles überhaupt nicht zu kümmern? Warum erschrickt mich
die Stille nicht? Der Wind, die Pferde, die klatschen-
den Hände, nichts davon ist zu hören.«

Ein einziger Gedanke übertönt alles: »Es ist vorbei.« Glück und Unglück sind vorbei. Die Träume
sind vorbei. Die Pferde neben mir, sind keine riesigen Kaltblüter mehr. Alles ist vorbei. Wird mir jemand glauben, dass es das alles gegeben hat? Werde
ich jemand finden, dem ich alles erzählen kann?
Auch wenn niemand da ist, ich rufe, ich schreie:
»Doch, es gab die mächtigen Pferde, es gab meine
große Kraft, es gab die Momente ohne Schmerz,
zum ersten Mal, und die Liebe, die gab es auch!«

Danke, Gabriele, für alles.

Quellen

Cover
[ ] Thierry Meier – Taghazout, Morocco –
unsplash.com@thierrymeier
[Lyrics] Ramses Shaffy – Als 't stormt - songtexte.com -
tinyurl.com/7uxndf2c

Der Anfang
[ ] Kaspar Hofmann – Rand
[ ] Marna Widocznosc – Autostrada A1 –
flickr.com/photos/iks_berto
[ ] Der kleine Häwelmann – Theodor Storm –
Verlag: Stalling, Oldenburg, 1926
[ ] Kaspar Hofmann – Radfahren
[ ] Conticium – Berliner Pfaueninsel - flickr.com/
people/conticium/
[ ] Javier Esteban – Woman writing –
unsplash.com@javiestebaan

Das Ende
[ ] Andreas Achenbach (1815–1910) – Ein Seesturm an
der norwegischen Küste (1837) - Städel, Frankfurt
[ ] Region Utrecht, Niederlande – Google Maps
[ ] Man Chung – Water Lilies – unsplash.com@cmc_sky
[ ] Kaspar Hofmann – Die See
[ ] Kaspar Hofmann – Zapfsäule
[ ] Benjamin Maubach – Beside the Autobahn -
flickr.com/photos/35708794@N00/
[ ] Raphael – Die Beauftragung des Petrus (1515) -
London, Victoria and Albert Museum
[ ] Kaspar Hofmann – Fensterbank
[ ] Cynthia del Río - Horses in Shrubs -
unsplash.com@luthiabags

FSC
www.fsc.org
MIX
Papier | Fördert
gute Waldnutzung
FSC® C083411

Zeitfracht Medien GmbH
Ferdinand-Jühlke-Straße 7
99095 Erfurt, Deutschland
produktsicherheit@kolibri360.de